聊斎志異の怪

目次

はじめに　八

◆幽霊の怪　一一

死んだ妻と暮らす（章阿端）　一二

幽霊の妻（呂無病）　二一

幽霊の棲む邸（宅妖）　二八

死者の結婚（公孫九娘）　四〇

幽霊との恋愛（梅女）　五二

死んだはずの父親（牛成章）　六四

幽霊のにせもの（周克昌）　六七

あの世から戻った女（薛慰娘）　七〇

幽霊にからかわれた乱暴者（司札吏）　八一

死んだ僧の笑い（死僧）　八二

幽霊の子（土偶）　八三

亡妻の幽霊（鬼妻）　八七

◆神の怪　九一

城隍神の試験（考城隍） 九三
五通神（五通） 九五
蛙との結婚（青蛙神） 一〇一

◆妖怪の怪
泥の妖怪（泥書生） 一一一
獣首人身の妖怪（駆怪） 一一三
醜い女の妖怪（廟鬼） 一一七
衢州の妖怪（衢州三怪） 一一九
死骸を食う妖怪（野狗） 一二〇

◆狐の怪
狐と媚薬（狐懲淫） 一二四
狐の嫁女（狐嫁女） 一二六
女狐の怪（董生） 一三三
狐退治（伏狐） 一四一
狐を呪縛する仕事（胡大姑） 一四三

◆女の怪
壁画の女（画壁）　一四九
妖術を使う女（小二）　一五〇
白い喪服の女（金陵女子）　一五五
◆龍の怪　一六三
書物から出てきた龍（蟄龍）　一六七
蜘蛛に戯れる龍（龍戯蛛）　一六八
龍の話三篇（龍三則）　一六九
龍の肉（龍肉）　一七〇
龍の復讐（博興女）　一七三
◆首の怪　一七三
首のすげかえ（陸判）　一七五
笑って首が落ちた話（諸城某甲）　一七六
斬られたはずの首（董公子）　一八九
一九〇

回転する首（頭滾）　一九三
附　芥川龍之介と太宰治と『聊斎志異』　一九四
「酒虫」　一九五
「黄英」　一九七
「竹青」　二一〇
酒虫　芥川龍之介　二一九
清貧譚　太宰治　二三一
竹青―新曲聊斎志異―　太宰治　二四八
参考文献一覧並びに付記　二六八

はじめに

蒲松齢《ほしょうれい》作の『聊斎志異《りょうさいしい》』は、十七世紀末に成立した、奇異なる説話を集めた中国の古典である。

蒲松齢は、明の崇禎《すうてい》十三年（一六四〇）に、山東省に商人の子として生まれた。字《あざな》は留《りゅう》仙《せん》又は剣臣《けんしん》、柳泉居士と号した。蒲松齢自身は、科挙の受験と落第を繰り返し、さほど満足のゆく生涯を送ったわけではなかった。聊斎とは、蒲松齢の書斎の名である。すなわち、『聊斎志異』の書名であるが、「聊」とは無駄話、「斎」は書斎のこと。すなところで、「無駄話をする書斎」で「異」な話を「志《しる》」すということであろう。「異」とは、不思議な、という意味で、これが本書の性格を端的に示している。怪談奇談集なのである。

この書は、柴田天馬の訳本が出されて広く知られることになったが、それ以前に明治時代からいくたりかの文学者がこの書に多大な関心を示し、翻訳や紹介を重ねてきた。大正時代、芥川龍之介は「首が落ちた話」（「新潮」、大正七年一月）の中で、『聊斎志異』の諸城某甲（本書収録）の話を紹介しており、また「骨董羹《こっとうかん》」（「人間」、大正九年三月、五月、七月）の中で「聊斎志異」の項を設け、

聊斎志異が剪灯新話《せんとうしんわ》と共に、支那小説中、鬼狐を説いて、寒燈為に青からんとする

妙を極めたるは、洽《あまね》く人の知る所なるべし。(下略)

と記したのは、よく知られているところである。火野葦平や安岡章太郎も本書に材を得て作品を書いており、「中学時代」(旺文社)昭和三十年八月号では、魚返《おがえり》善雄が「中国童話　天女の曲——聊斎志異より——」と題して、三篇の話を紹介している。

私は、説話文学を学ぶ学徒なので、『聊斎志異』を読むごとに、平安時代末期に成立した『今昔物語集』を思い出す。『今昔物語集』は全体としては仏教説話集なのであるが、鬼・天狗・悪霊などが登場し、奇想天外な説話があまた登載されている。

一方、『聊斎志異』はいとも簡単に龍を昇天させてみたり、なによりもあの世とこの世との往還が比較的スムーズに行われており、そうした点は、『今昔物語集』以上に神仙的、超自然的であるといえる。それは、『今昔物語集』の場合、仏教思想が根底にあり、『聊斎志異』よりも宗教的色彩が強く、それだけにより現実的であると言えるのかもしれない。

小著は、『聊斎志異』の中から特に怪奇的な話に着目し、幽霊・神・狐・龍・首等に関する話を日本語訳したものである。この奇想天外な中国古典の面白さをいささかなりとも伝えることができたならば幸いである。

二〇〇四年初夏

志村有弘しるす

幽霊の怪

死んだ妻と暮らす（章阿端《しようあたん》）

衛輝《えいき》県（河南省）に戚《せき》という秀才がいた。人となりがよくできた少年であったが、勝ち気で、一度引き受けたら後には引かぬという強い性格でもあった。

その頃、ある大家《たいけ》のもっている大きな屋敷に、白昼でも幽霊が現れ、続いて死者が出た。大家はいくら安くしてもその屋敷を売りたいと思っていた。値段が安いと思った戚は、その屋敷を買って住むことにした。広い屋敷なのに住む人間も少ないので、よもぎが生い茂っている東の二階屋は使用しなかった。

夜になると家人は何かに驚かされ、どうかすると幽霊が出たと言って大騒ぎをする。二か月余りが過ぎて、召使いが一人死んだ。それからまもなくして、戚の妻が夕方に二階屋へ行って戻ると病気になり、何日かして死んでしまった。

家の者たちはますます怖がり、他の家に引っ越しをしようと勧めたが、戚は承知しなかった。妻を失い、一人になって寂しいところに、召使いの女や男が奇怪なことがあると言って時々騒ぐ。それを戚は怒り、腹を立て、寝具を二階屋へ運んで寝ることにした。実際に、奇怪なことが起こるか、確かめようと思ったのである。

燭《しょく》を消さないで気をつけていたものの、長い時間が経っても、これという異変は起こらないので、しまいに戚は眠ってしまった。

すると、誰か寝具の中に手を入れてきて、なでる者がいる。目を覚ますと、耳がゆがみ、髪の毛が乱れ、体がむくんだような、たいそう年を取った召使いである。幽霊だと思った戚は幽霊の手を押し退けて、笑いながら、

「ご希望にはそいかねます」

と言った。召使いは恥ずかしそうにして手を引き、こそこそと出ていった。

しばらくすると、風情のある、一人の若い娘が西北の隅からつかつかと出てきて灯《あか》りのもとに来ると、

「どこの狂人ですか、いばって寝ているのは！」

と怒鳴った。戚は起きて笑いながら、

「わたしはこの家の主人だ。お前から家賃をもらおうと思っているのだ」

と言って立ち上がり、裸のままで娘を捉《とら》えようとした。娘は急いで逃げようとしたが、戚は素早く西北の隅に先回りをして、娘の行く手をさえぎった。娘はなすすべがなく、寝台の上にしゃがみこんだ。燭に向かった姿は仙女のように美しく、戚は娘のそばに座り、抱き寄せた。娘は笑いながら言う。

「おかしな人ね、幽霊が恐ろしくないの。災いがきて命が縮まりますよ」

戚が乱暴に娘の肌着を脱がせたものの、強いてあらがいもしなかった。やがて娘は言った。

「わたしの姓は章《しょう》、幼名は阿端《あたん》というのです。あまり考えずに放蕩《ほうとう》息子に嫁いだら、そいつがものすごく不人情な男で、いじめ抜かれました。そのくやしさのあまり病気となって若死にしたのです。ここに埋葬されてから、すでに二十年余りになります。この屋敷の下はすべてお墓なのです」

戚が訊《き》いた。

「あの年老いた召使いは誰だい？」

「古くに死んだ者で、わたしの下で働いているのです。上に生きている人がいたら、死んだ者は心が落ち着かないから、あなたを追い出そうと考えて寄こしたのです」

「わたしをなでたのは、どういう意味だったのだろう」

端女《はしため》は笑いながら、答えた。

「あの女は三十年間も処女でしたから、気の毒なのです。でも、あの人は物事がわからなさすぎるのです。弱い人を死者は馬鹿にします。気の強い人には何もできないんです」

ちょうどそのとき、近くの鐘の音がやんだ。端女は着物を着ると寝台から下りて、

「もしもまた会ってもいいというのでしたら、また夜に来ます」

と言った。

夜になって、端女は訪ねてきた。愛情の交換をしたあと、戚が訊いた。

「妻が死んだので、わたしは悲しくて仕方がない。きみ、お願いだから妻を連れてきてくれないか」

端女は戚の言葉を聞くと、悲しい顔をして身の上を語った。

「わたしは死んでしまってから二十年が経ちました。でも、わたしのことをずっと思ってくれる人など誰もおりません。あなたは本当に心優しい人です。おっしゃったことがうまくいくように努力してみますが、その方は生まれ変わったと聞いています。まだ死者の世界にいればいいのですが……」

その翌晩、端女は戚に経緯を知らせた。

「あなたの奥さんは、身分の高い家の子に生まれ変わるはずだったのに、前世で耳輪を紛失したことで召使いを鞭《むち》でぶったことがありました。召使いは無念に思って縊《い》死してしまい、そのことで閻魔《えんま》様の判決がまだ出ていないので、いまも薬王（唐代の道士）廟《びょう》の廊下に身柄を拘束されていて、監守に見張られています。わたしが召使いに命じて監守に賄賂《わいろ》を贈るようにしておいたから、連れてこられるかもしれません」

「ところで、どうしてきみは暇なのか」

「若死にをした死者は、自分から会いに出ていかなければ、閻魔様にはわからないのです」

夜の十一時過ぎになって、召使いの者が戚の妻を連れてきた。戚は妻の手を握ったまま、とても悲しみ、妻も涙にむせて声を出すことができない。端女は、

「久しぶりで会ったのだから、ゆっくりとお話しなさるといいわ。明晩にまたお目にかかります」

と言うと帰っていった。戚は妻を慰めながら、召使いの者が自殺した事件はどのようになったかを尋ねた。

「もう大丈夫です。終わりました」

二人は寝台に上がり、生前のときのように抱き合って楽しく語り合い、それからは毎日続いた。

五日が経つと、妻は泣きながら言った。

「明日山東省へ行くことになりました。つらい別れとなります。どうしたらよいでしょう」

戚は妻の言葉を聞いて、涙をぽろぽろと流し、その悲しさに耐えることができなかった。すると、端女がなだめながら言う。

「わたしに策があります。しばらくのあいだはいっしょにいることができます」

夫婦は涙をこらえて、その方策を聞いた。端女は十《と》提《たば》の紙銭（焚《た》いて死者を供養する紙の

銭）を南の広間のそばの杏《あんず》の樹の下で焚くように指示し、彼女がそれを持っていき、護送の者を買収して日延べさせるというのである。

戚は端女の言う通りにした。夕方、妻が来て言った。

「端女のおかげで、あと十日いっしょにいることができるようになったわ」

戚は喜び、端女に帰らないようにと言って、寝台を並べ、晩から朝まで語り続けた。
七、八日が過ぎて、期限が切れようとしていた。夫婦は泣き明かした。再び、端女に策を訊くと、こう話してくれる。
「今度はむずかしいかもしれないけれど、試してみるわ。でもそのためには冥途《めいど》の金で百万はなければだめだと思う」

言われた通りの数の紙銭を焚くと、端女が来て嬉《うれ》しそうに、説明した。

「人に頼んで護送の者に相談してもらったのです。最初のうちはひどくむずかしいようでしたけれど、大金を見てから気が変わり、すでに他の死者を生まれ変わらせてしまったの」

それからというもの、妻は昼間でも帰らなくなった。戚に戸や窓を閉じさせ、灯りを絶やさないようにさせた。

こうして一年余りが経過した。

ところが、端女が、突然気がおかしくなってしまい、気が滅入っている様子で、まるで

幽霊を見ているようなありさまであった。妻は端女をなでながら、

「これは幽霊にとりつかれたのよ」

と言った。戚は不思議に思って訊き返した。

「でも端女は、いまは幽霊なんだよ。それなのになんでまた幽霊がとりつくんだ」

「そうじゃないのです。人間が死ぬと幽霊になり、幽霊が死ぬと聻《せき》になるのです。死者が聻を恐れるのは、人間が幽霊を恐れるのと同じことです」

戚が端女のために医者を呼ぼうとすると、妻が止めた。

「人間が幽霊の病気を治すことなどできません。隣にいた王婆さんが、いま、冥途で医者をしていますから、行って呼んできます。でもここから十里余りも離れていて、わたしは足が弱いので、とても行くことはできません。ねえ、あなた、藁《わら》のお馬を焚いてください」

戚は妻の言う通り、藁で作った馬を焚いた。すると、召使いが赤馬を引いてきて、手綱を渡す。妻が馬上で鞭をあげると、あっというまに妻も馬も消えてしまった。しばらくすると、妻は一人の老婆と相乗りで帰ってきて、馬を廊下の柱につないだ。老婆は部屋に入ってくると、端女の十本の指を押さえて、端座して首を振り、体を動かしていたが、そのうちばたりと倒れた。しばらくして起き上がると、こう言った。

「わしは黒山大王だ。女の病気は危篤状態であるが、幸い、わしに出会ったのは浅からぬ

幸せだ。これは悪い幽霊が災いしているのだが、よし、よし、わしが治してつかわそう。だが病気が治ったら、手厚くわしを供養せねばならぬ。金百錠、銭百貫、盛宴一席、これが少しでも欠けたらだめだ」

妻が一つひとつ承知すると、老婆はまた倒れ、再び気がつくと、病人に向かって激しい声で叱った。それから帰ろうとしたので、妻が庭の外まで送っていき、馬を贈った。老婆は喜んで帰っていった。

中へ入って端女を見ると、いくらか気がついたようなので、夫婦は喜んだ。端女をいたわりながら様子を尋ねると、端女はこう言って泣く。

「わたしはたぶん二度と人の世を訪れることはないでしょう。目をつぶると幽霊が見えるのですから。運命なのだわ」

夜が明けると、端女の病気はますます重くなり、何かが見えるように体を曲げてふるえ、戚を引っ張っていっしょに寝た。そして捕らえられるのを恐れるように、頭を戚のふところに入れ、戚が少しでも起き上がると、不安そうに叫ぶのであった。

戚が外出して半日ぐらいして帰ってくると、妻の泣き声が聞こえる。驚いて中に入ると、端女はすでに死んでいた。寝台に脱いだ着物が残っているのをめくってみると、白骨がそのまま残っていた。夫婦はひどく泣いて、現世の人間と同じ方法で葬式を行い、先祖の墓のそばに葬った。

ある夜、妻がうなされて泣いているので、揺り動かして尋ねると、妻はこう言った。

「いま、端女が来ていたのです。端女の夫が聾になって、冥途での彼女の浮気を怒って、仕返しに命を取っていってしまったので、法事をしてくれというのです」

朝早く起きた戚が、言われた通りに法事をしようとする。ところが妻はそれを止めて、

「幽霊の済度は、あなたにはできないわ」

と言い、どこかへ出ていった。一時《いっとき》くらい経つと、帰ってきた妻はこう言う。

「わたし、お坊さんを呼んでくるように頼んできましたので、先に紙銭を焚いて冥途の費用にあてるようにしておいてください」

戚は、妻の言う通りにした。

夕方になると、僧侶《そうりょ》たちが集まってきた。鐃鈸《にょうはち》や太鼓を叩《たた》く様子は、まったくこの世の人間と変わらない。妻はしきりにうるさいと言っていたが、戚には何も聞こえなかった。

法事が済んでから、妻はまた、端女が謝礼に来た夢を見た。端女はこう言うのだった。

「恨みが解けたので、わたしは城隍神《うぶすながみ》の娘に生まれ変わることになりました。戚さんにそのようにお伝えください」

妻とは三年間、いっしょにいた。初めのうちは死者と聞いて、家の者も怖がっていたが、永い時間が経過するとともにしだいに慣れてきて、戚が不在のときには窓越しに用事を話すようになった。

ある夜のことである。妻が泣きながら戚に、訴えかける。

「護送役の者に賄賂を贈ったことが今頃発覚して、吟味がひどく急なようですから、ずっといっしょにいることはできないと思われます」

何日かして、妻ははたして病気になった。

「わたしはあなたのことを愛しているから、いつまでも死んだままでいたいのです。生まれ変わることなぞ楽しいとは思わない。でも、これで永遠のお別れになるのも運命ですね」

戚はあわてて何とか方策はないものかと言うと、こう答えた。

「どうにもなりません」

「今度のことで罰を受けるのだろうか」

「少しは罰を受けます。でも生を偸《ぬす》む罪は重く、死を偸む罪は軽いのです」

妻はそう言い終わると動かなくなった。戚が妻を見つめているうちに、顔や姿形がしだいになくなっていった。

戚はそれから後も他の幽霊に会いたいと思い、いつも一人で離れの建物に寝ていたが、それっきり何もなかった。それで家の者たちも安心できるようになったという。

幽霊の妻（呂無病《りよむへい》）

洛陽《らくよう》（河南省）の公子孫麒《そんき》は、蔣太史《しょうたいし》の娘を妻として、とても仲良くしていたが、その妻はわずか二十歳で早世してしまった。公子は悲しみに耐えられず、家を離れて、山中の別荘に住んでいた。

うつうつとした雨の日のことであった。誰もいない家の中で、公子は昼寝をしていた。公子がふと見ると、次の間との境にある簾《すだれ》の下から婦人の足が見える。不思議に思って訊いた。

「どなたですか」

簾を挙げて現れたのは、十八、九歳の、質素ではあるけれど清潔な衣服を着た貧しそうな娘で、あばたがたくさんある。たぶん住む家でも借りにきた村の者であろうと思って、公子は叱りつけた。

「用があるならば家人に言うがよい。軽々しく入ってきてはいけないよ！」

女は微笑んで言った。

「わたしは村の人間ではありません。山東の出身で、姓は呂《りょ》、幼名は無病《むへい》といいます。父は学問で身を立てようとしておりました。それでわたしは父に従って、方々を歩いているうちに、早く父と死別いたしました。公子様は名家のご出身で、名士でもあられます。わたしは、鄭玄《じょうげん》のところの学問のある召使いのようになりたいと思います」

公子も笑って答えた。

「そなたの気持ちはいいのだが、男の召使いたちがここに住んでいるから、女のそなたがいっしょに住むのはまことに不都合なのだ。ともかく一度家に戻り、こちらから迎えが行くのを待っていなさい」

女は言いにくそうな様子で言う。

「わたしは自分でもはしたないと思っているのですから、あなた様の妻になりたいなどと考えてはおりません。ただおそばでお使いくだされればそれでよいのです。書物をさかさまに持つなどということは決していたしませんので……」

公子は、

「女の召使いを雇うときは、やはり吉日でなければならぬ」

と言い、本棚を指差して『通書《つうしょ》』の第四巻を取らせた。女の教養を試そうとしたのである。無病は検索し、最初に自分で目を通してから、公子に手渡し、笑いながら言った。

「今日は、河魁《かかい》はおりませんよ」

河魁とは、婚嫁に不吉といわれる凶星のことである。公子は女が賢い人間であることに心を動かされ、ひそかに部屋の中に置くことにした。無病は暇で仕事がなかったので、公子のために机を片付け、本を整頓《せいとん》したり、香を焚《た》いたり、鼎《かなえ》を拭《ふ》いたりして、部屋を磨きあげたので、公子はすっかり気に入ってしまった。

夜になると、公子は召使いの男を他のところへ泊まりに行かせた。無病は、恥ずかしそうにしながらも、丁寧に仕え、公子が寝るようにと命じると、燭《しょく》を持って退出していった。

夜中に目が覚めると、誰かが寝台のそばで寝ているようなので、手でさぐってみると、無病だとわかった。ゆり動かすと、無病は驚いて目を覚まし、寝台のそばに立った。公子が、

「どうして他の部屋へ行って寝ないのだ。ここはお前が寝るところではない」

と尋ねると、無病は答えた。

「わたしはこわがりなのです」

公子は気の毒に思い、寝台のそばに無病の枕を持ってこさせた。蓮《はす》の花のようなさわやかな香りの息が匂ってくる。公子は不思議に思い、無病を呼んでいっしょに寝させた。すると妙な気持ちになって、しだいに同衾《どうきん》するようになっていった。

無病をたいそう気に入った公子は、無病の存在を隠すのはよくないと考えたり、いっしょに連れて帰ると、それはそれで事件になるだろうと悩んだりしていた。

公子には母方の叔母《おば》がいた。叔母は十間《じっけん》余り離れたところに住んでいたので、ともあれ無病をその叔母のところにかくまい、そのあとで輿《こし》に乗せて連れていくことにしようと考

えた。無病も、

「それがよろしいです。叔母様のことはよく知っております。前もってお知らせするには及びません。ただちに参りましょう」

と言った。公子が見送ると、無病は土塀を越えて出ていった。

公子の叔母という人は、後家のお婆さんであった。

朝早くに戸を開けると、突然、女が入ってきたものだから、叔母はちょっと驚き、

「何の用なの？」

と訊いた。無病は、

「あなたの甥《おい》の公子様から遣わされたのです。公子様は家へ帰ろうと考えておられるのですが、道が遠く、また、馬が少ないものだから、わたしを残すことにされて、しばらくここにいるようにと言われました」

と答えた。お婆さんは無病の言葉を信じて、留《とど》めておくことにした。

公子は家に帰ると、

「叔母さんの家に召使いの女がいるのですが、それをわたしにあげようと言われたので……」

と話を作って、すぐに迎えの者を遣わした。そして、無病を籠《かご》に乗せて連れ帰らせた。

それからというもの、寝ても覚めても公子と無病はいっしょにいた。公子は日が経つに

つれていっそう無病を可愛がり、ついに無病を妾《めかけ》に取り立てた。大家から縁談が来ても、無病と終生共にいようという気持ちから、すべて断ってしまった。無病は公子の真意を知って、逆に妻をもらったらいい、と強く勧めた。そこで、許《きょ》という家の娘を妻にしたものの、無病に対する愛情は変わらなかった。

許はとても賢い女であった。公子をめぐって無病に嫉妬《しっと》することなどなく、一方、無病の方も許に従順に仕え、二人とも仲がよかった。

やがて、許は息子の阿堅《あけん》を出産した。無病は阿堅をわが子のように可愛がって抱いていた。阿堅は三歳になると乳母のもとを離れ、無病といっしょに寝て、許が呼んでもそばに行かないほどだった。

そのうち許が病気となり、まもなく死んでしまった。死に臨んで、許は夫に向かい、

「阿堅をもっとも可愛がっているのは無病です。無病の子にしてもかまわないし、無病を正妻にしてもよろしいです」

と遺言して死んでいった。

葬式が終わってから、公子は許が言い残した通りにしようと、一族の者たちにこの事を話した。しかし、みんなが反対し、無病も承諾しなかったので、そのままになってしまった。

同じ県の王天官の娘で、そのころ、寡婦になった者がいた。その娘が公子に縁談を申し

入れてきた。天官は官名で、吏部尚書《しょうしょ》（長官）をいう。公子は妻を娶《めと》ることを望んでいなかったから、断っていた。だが、王家から熱心に頼んでくるし、仲人《なこうど》の者もその娘が美しい女性であると語る。さらに、一族の者たちも王家の羽振りのよさを敬っており、こぞって縁談を決めるように勧めた。それで結局、公子は再び結婚することにした。

妻となった女は、なるほど美人であったが、たいそうわがままで、衣服や道具類でも気に入らず、たびたび壊したり破ったりしていた。しかし公子は、妻を敬愛していたので、逆らおうとはしなかった。

嫁入りして何か月かすると新しい妻は、夫を独占するようになった。また、無病が近くへ行くと、笑っても泣いても憎んだ。時には夫に無病のことで腹を立て、言い争いをすることもあった。

公子はそれを苦にして、一人で寝ることが多くなった。すると妻がまた怒るものだから、耐えられなくなった公子は、口実をもうけて都へ行った。妻のうっとうしさから逃れようとしたのである。

すると、妻は、

「夫が遠くへ行ったのは、無病のせいだ」

と言ってとがめた。無病は我慢して、正妻の顔色をうかがいながら仕えていたが、正妻の機嫌はいつまでもなおることはなかった。

正妻は夜になると無病を寝台の下に侍《はべ》らせた。阿堅は無病のそばで休むので、正妻が無病を起こして用事を言いつけると、阿堅が泣き出し、正妻はうるさがってののしる。無病は急いで乳母を呼んで、阿堅を抱いて行かせようとしたが、阿堅は行こうとしない。むりやり連れて行こうとすると、ますます泣く。正妻は怒って起き上がり、阿堅をひどくぶったので、ようやく阿堅は乳母について出ていった。

そういうことがあってから、阿堅は引きつけを起こすようになり、食べ物を口にしなくなった。正妻が無病に命じて阿堅と会わせないようにしたため、阿堅は一日中泣くのである。正妻は乳母を叱りつけ、阿堅を地面に捨てておかせた。阿堅は息が切れて声が嗄《か》れ、水を飲みたいと言ったが、正妻は与えさせようとはしなかった。

日が暮れて、無病は正妻がいないのを見ると、ひそかに阿堅に飲み物を運んだ。阿堅は無病を見ると、水を捨てて無病の襟をつかみ、いつまでも泣きやもうとしない。正妻がそれを聞きつけ、ものすごい剣幕でやってきた。子はその声を聞くと泣きやんだものの、飛び上がったかと思うと、そのまま息絶えてしまった。無病が大声で泣くと、正妻は怒鳴った。

「この女め！　見苦しいかっこうをして。ああ、そうかい。子が死んだぞといって、わたしをおどすつもりかい。孫家の赤ん坊なぞ物の数じゃないよ。たとえ王子を殺したって、王天官の娘はびくともしないんだよ」

無病は息をのみ、涙をこらえて、阿堅の葬具を調えてほしいと頼んだが、正妻は許してくれず、

「遺骸《いがい》など、すぐに捨ててしまえ！」

と命じたのであった。

正妻が去って、そっと阿堅をなでてみると、まだ体が温かかった。無病はひそかにそのことを乳母に告げた。

「早く連れ出して、野原で少しのあいだ待っていてください。わたしはあとですぐに行きます。死んだならば、いっしょに捨てましょう。でも生きていたならば、いっしょに介抱しましょう」

乳母は、

「承知しました」

と言うと、出ていった。

無病は部屋に入ると、簪《かんざし》や耳輪を持ってあとから出た。急いで乳母に追いつき、いっしょに阿堅を見ると、すでに阿堅は生き返っていた。二人は喜び、話し合い、ともかく別荘へ行き、そこから叔母様のところへ行き、そこを頼ることにした。

乳母が無病の小さな足で歩けるか気遣うと、無病は乳母の先に立って、小走りで歩く姿を見せた。それはまるでつむじ風のように速く、乳母が懸命に走ってようやく追いつくこ

とができたくらいであった。

二更《にこう》(午後十時〜十二時)頃、阿堅の病気が悪化し、それ以上進むことができなくなった。そこで近道をして村に入り、一軒の農家の門に寄りかかって夜が明けるのを待った。そして戸を叩《たた》いて、簪や耳輪を出して金に換えて部屋を借り、巫女《みこ》と医者とを呼んだが、結局、病気は回復しそうになかった。

無病は顔をおおって泣きながら、

「子を見ていてください。わたしはお父さんを捜してくるから」

と言った。乳母は無病がとんでもないことを言い出したので驚いていると、無病の姿はすでに消えてしまっていた。乳母はただ驚き、不思議に思うだけであった。

その日のことである。公子が都で寝台の上に寝ていると、無病が悄然《しょうぜん》として入ってきた。公子は驚いて、飛び上がった。

「いま、横になったと思ったら、もう夢を見ているのか」

と言うと、無病は公子の手を握って泣きむせび、足ずりをするだけで、声を出すこともできなかったが、しばらくして、どうにか口を開いた。

「わたしは耐えられない苦しみをしました。坊《ぼっ》ちゃんと逃げたところは楊《よう》……」

と、すべてを言い終わらないうちに声を挙げて泣き、そのまま倒れると姿が消えてしまった。

公子は驚いて、やはり夢であろうと疑いながら、従者を呼んで共に調べてみると、無病の衣服と履《は》き物がそのまま残っていた。たいそう不思議に思ったものの、わけがわからず、すぐに支度をして、夜通し道を急いで家に帰ってみると、子は死に、妾は逃亡したという。公子は胸をなでて悲しみ、妻を非難した。妻の方も負けずに口答えするので、公子は怒り、白刃を持ち出したが、召使いの女や婆やがさえぎって近寄れなかった。それで遠くから刀を投げつけると、刀の背が女の頬にあたり、頬が破れて血が流れた。妻は髪を振り乱して、わめきながら実家に訴えると言って家を飛び出していったが、公子は追いかけて連れ戻した。そして、衣がボロボロに破れ、傷で寝返りさえできなくなるほど、妻をさんざん棍棒《こんぼう》で打った。公子は妻を寝屋にかつぎこませ、傷の手当てをさせた。傷が治ったら、妻を離縁するつもりでいた。

妻の兄弟はこのことを聞いて怒り、馬に乗った者たち多数を連れて押しかけてきた。公子は屈強な下男たちを集めて、棍棒をもって防がせた。両者とも一日じゅう悪口を言い合って別れた。

しかし、憤懣《ふんまん》やるかたない王氏は、ついに公子を県の長官に訴えた。公子は護衛の者を従えて城内に入り、自ら役所へ出て審問に答え、妻の罪状を訴えた。県令は公子を屈服させられなかったので、王家をはばかって、公子を県学の教官のもとへ送り、懲戒させようとした。だが、教官の朱《しゅ》先生は旧家の息子で、人にへつらうことなどしない真っ正直な人

である。実情がわかるとひどく怒り、

「県令は、わしのことを道理に背いて金を欲しがるような、人のできものを吸うような、そんじょそこらの不潔な教官と思っているのか！　そんな物乞《ものご》いのようなことはわしにはできん！」

と言って、がんとして受け付けようとはしなかった。その結果、公子は堂々と家に帰ることができた。

王氏はいかんともしがたく、友人に話して調停をさせ、王の家へ行かせて公子に謝罪させようとしたが、公子は承諾しない。調停の人は十回も往き来したものの、公子の謝罪を取り付けることはできなかった。

正妻の傷がしだいに治ってきたので、公子は家から出そうと思っていた。だが、王氏は引き取らないだろうという懸念もあり、ついつい逡巡《しゅんじゅん》しているうちに、うやむやになってしまった。

公子は妾の無病が逃亡し、子も死んでしまったので、朝も夜もただ悲しみにくれていた。そのとき、ふとあることに気がついた。乳母が事情を知っているのではないかと思ったのである。また、無病が「逃げたところは楊……」と語っていたことも思い出した。近くの村に楊家疃《ようかちゆう》というところがあるので、あるいはそこにいるのではないかと思って、行ってみたけれど、知っている者はいなかった。

そのとき、ある人が、

「五十里ばかり離れたところに楊谷《ようこく》というところがある」

と教えてくれた。公子は召使いの男を馬で行かせた。男が楊谷へ行ってみたところ、案の定、子どもが見つかった。そのときは、子どもの病気もすでに治っていたので、めいめい顔を見合わせ、たいそう喜びあい、車に乗せていっしょに帰ってきた。

阿堅は父を見て、大声で泣いた。公子も涙を流した。

正妻は阿堅がまだ生きていることを聞いて、ものすごい剣幕で部屋を飛び出し、怒鳴りつけようとした。阿堅は泣いていたけれど、目を開けて正妻を見ると、驚いて父親のふところに飛び込み、自分を隠してほしい様子である。公子が、阿堅をしっかりと抱きしめて見ると、すでに息絶えている。あわてて阿堅の名前を呼ぶと、しばらくして息を吹き返した。公子は怒って、

「お前はどんな虐待をしていたのだ。とうとうこの子をこんなふうにしたのだな!」

と言うと、離縁状を書き、妻を王家に送り返した。

しかし、王氏は娘を引き取らず、再び孫家に車で送り返してきた。公子はしかたなく、邸内の別の建物に移り住み、妻と交流をもたないことにした。

やがて乳母が無病のことを詳しく話したので、公子は初めて無病が幽霊であったことを知った。そして無病の恩義に感じて、無病の姿が消えたとき、残されていた衣服と履き物

を葬り、「鬼妻呂無病之墓」と書いた石碑を建てた。

まもなく正妻は男の子を出産したが、生まれると首を圧《お》さえて殺してしまった。公子はますます怒り、再び妻を実家へ帰した。だが、王氏はまた車に乗せて戻してきた。公子はやむなく訴状を書いて役所に訴えた。しかし役人たちは天官をはばかって、訴状をそのまま捨て置いた。

そののち天官が他界した。公子が訴え続けたので、役所はついに妻を実家へ戻らせることにした。それから公子は二度と妻を娶《めと》ることもなく、召使いの者を妾《めかけ》として身の回りの世話をさせたのであった。

正妻であった女は実家に戻ってきたものの、わがまま者だという噂が流れていたので、三、四年経っても嫁にもらいたいという者がいなかった。女は悔やんだが、どうにもならないことであった。

孫家に昔からいる婆やが、あるとき王家に行った。元正妻は婆やを丁重にもてなし、言葉を交わしながら絶えず涙を流している様子が、前の夫を思ってのことと思われ、婆やは帰ってから公子にそのことを話した。だが、公子は笑っただけでどうにかしようとはしなかった。

それから一年余りが経ち、今度は元正妻の母が亡くなった。それで元正妻はよるべのない孤児となったうえに、兄弟の嫁たちからひどく嫌がられて、ますます身の置きどころがなくなり、毎日、泣いて暮らしていた。

その頃、妻に死なれた貧しい書生がいたので、兄は立派な道具を調えて、女をそこに嫁に出そうと思い、話したけれど、女は承知しない。いつも往き来する者にひそかに頼んで、公子に泣いて悔やんでいることを伝えたが、公子はそれを聞き入れようとはせず、結局、女の要望を受け入れなかった。

ある日、女は召使いを一人連れて、盗み出した驢馬《ろば》に乗り、公子のもとに奔《はし》った。おりしも公子が邸《やしき》の中から出てきたので、公子の前で女は階段の下にひざまずいたまま、泣き出した。しかし、公子が何も話さずに行ってしまおうとするので、女は衣を引っ張り、再びひざまずいた。公子ははっきりと拒絶した。

「もしも再びいっしょになったとして、文句を言わなければいいが、何か事があると、お前の兄弟はまるで虎や狼のようになる人たちだ。再び離縁したいということになっても、決してできることではないからな」

女は言った。

「わたしはひそかに逃げてきたのですから、もう帰ることはできないのです。ここに置いてくださるのでしたら、ここにおります。そうでなければ死ぬだけです」

そうして、また言葉を続けた。

「わたしは二十一歳のときにあなたと結婚して、二十三歳のときに離縁されるまで、本当に悪い女でした。でもまったく愛情がなかったというわけではありません」

そして腕輪をはずすとそれで両足を束《たば》ね、袖《そで》でおおうと言った。

「結婚したときの誓いをあなたはお忘れになったのですか」

公子の眼に涙が流れた。涙を払うと、公子は家人に命じて女を部屋に入れたものの、これは王家の陰謀ではあるまいかと疑いもして、後々のための証拠として、兄弟たちの誓約を取っておきたいと言った。すると女は、

「わたしは一人で出てきたのです。もはや兄弟にあれこれ頼むことはできません。もしも信じていただけないのでしたら、わたしはここに自殺する道具を持っています。それで指を切り取ってわたしの潔白の証明とします」

と言って、腰につけてあった鋭い短刀を出すと、寝台のへりに左手を伸ばして、指を一本切り取った。血が噴き出したので、公子はひどく驚いて、急いで傷口に包帯を巻いた。女は傷の痛さに顔色を変えながらも、うめき声を出すでもなく、笑いながら言った。

「わたしは、今日、目が覚めました。小さな部屋を借りて、出家の準備をしたいと思っています。疑わないでください」

公子は子どもと妾を別居させ、自分は朝夕、両方の場所を往き来することにした。そして、毎日、良い薬を求めて指の傷の治療をしたので、一か月余りで傷は治った。

それからというもの、女は酒などを飲むこともやめ、一室に籠《こも》って念仏ばかりを唱えて

いたが、しばらくして家政がいいかげんになっているのを見て、公子に言った。

「わたしは今度戻ってきましても、余計な家政は何にもしないつもりでおりました。しかし、このような無駄なことをしておりますと、子孫が生活できなくなります。しかたがありませんので、でしゃばりなことですが、もう一度家計を見させてください」

召使いや婆やたちを集めると、毎日、糸をつむがせたり、機織《はた》りの仕事をさせた。家の者たちは女が自分で家から逃げてきたことを馬鹿にして、誰もいないときは陰口を口にしたが、女は聞こえないふりをして仕事をさせ、怠惰な者に対しては容赦せずに鞭《むち》で叩《たた》いた。みんなは初めて女を怖れるようになった。

女はまた召使いの男を呼んで簾《すだれ》越しに家計を調べ、緻密《ちみつ》に計算したので、公子はとても喜んだ。息子と妾には、毎朝、本妻のもとに挨拶《あいさつ》に行かせた。

阿堅は九歳になっていた。女はいつも気を配って阿堅を暖かくもてなした。阿堅が朝早く塾に行くと、いつもおいしい物を取っておき、帰るのを待っていたので、阿堅もしだいになついてきた。

ある日、阿堅が石を雀に向かって投げつけた。ちょうどそのとき、女がそこを通りかかったので、石が女の頭に当たってしまった。女は倒れたまま気を失い、しばらくのあいだ言葉を話すことができなかった。公子はたいそう怒って、阿堅をなぐった。女は息を吹き返すと、公子を止めながら、嬉《うれ》しそうに語った。

「わたしが以前に子をいじめたことが、いつも心の中に残っておりました。今日は、その罪が一つ消えたようで、本当に幸いなことであったと思います」

それからというもの、公子はいっそう女を大切にした。女は常に同衾《どうきん》することを辞退し、できるだけ妾の方に行かせようとした。

数年が経ち、女は何度か出産したが、たびたび子が死ぬので、こう言った。

「これはわたしが昔、子を殺した報いなのです」

やがて阿堅が妻を娶ると、女は外のことを阿堅にまかせ、家の中のことは嫁にまかせた。

ある日、女はこう話した。

「わたしは某日に死にます」

公子が信用しなかったので、女は自分で葬式の道具を調えた。その日が来ると、衣服を更《か》えて棺の中に入り、そのまま死んでしまった。しかし、その顔は生きているかのようで、異香が部屋に満ち、埋葬してからようやくその香りが消えたという。

幽霊の棲《す》む邸（宅妖《たくよう》）

清の順治三年（一六四六）に山東省高苑《こうえん》で謝遷の反乱が起きた。この謝遷の変のとき、官吏の邸はすべて賊兵の巣窟《そうくつ》となってしまったが、中でも学使王七襄《おうしちじょう》の邸となったところには最も多くの賊兵が集まっていた。その後、城が落ちて政府軍が入り、賊徒を一掃したあとは、庭が死骸《しがい》で一杯になり、血はあふれて門から外へと流れ出るというありさまであった。

公が入城すると、死骸を外へ担《かつ》ぎ出させ、血を洗浄させたものの、昼間でも幽霊が出て、夜になると寝台のそばでは鬼火が飛び交い、塀の隅では幽霊が哭《な》いていた。

ある日のこと、王皞迪《おうこうてき》という秀才が、公の家に泊まっていた。そのとき、小さな声で、

「皞迪！　皞迪！」

と呼ぶ声がした。皞迪はあたりを見回したが、声は寝台の下から聞こえてくる。やがて、しだいに声が大きくなり、

「この恨みを晴らさでおくものか」

と言うと、庭中に哭く声がわき起こった。

それを聞いて、公が剣を持って庭に入ってくると、怒鳴り散らした。

「お前らは、この王学使を知らぬのか！」

すると、大勢の笑う声が聞こえてくる。しかも、鼻先でせせら笑うような声であった。

そこで公は、水陸で死んだ者たちを供養する法事を行い、僧侶《そうりょ》や道士に命じて亡者たちを供養したが、夜になって施餓鬼をすると鬼火が地面からめらめらと燃え上がってきた。

これよりも前に、王という名字の門番が重病になって数日のあいだ、意識不明で寝ていたことがある。法事をしたとき、突然あくびをして気がついた様子なので、妻が食事を出すと、王は口を開いた。

「ご主人様が、なぜだかわからないが、庭でご飯を施しておられたので、わたしもみんなといっしょに食べたのだ。食べ終わってすぐに帰ってきたから、腹は空《す》いていない」

それから、幽霊はとうとう出ることはなくなったという。鐃鈸《にようはち》（銅製の打楽器）や鉦鼓《しようこ》や瑜伽《ゆか》（法事に行く瑜伽僧のこと）などというものは、本当に利益《りやく》があるのだろうか。

死者の結婚（公孫《こうそん》九娘《きゆうじよう》）

于七《うしち》の反乱で連座して死刑にされた者は、山東省の棲霞《せいか》、萊陽《らいよう》両県の者が最も多かった（この乱は、順治五年（一六四八）、山東省の于七が起こしたものである）。

乱後のある日、数百人の俘囚《ふしゆう》を演武場でことごとく殺害した。血は地面に満ち、死骸《しがい》はうずたかく積み上げられた。上官は慈悲深い人で、刑死者に棺を与えたので、済南《さいなん》城内の建築屋には材木がまったくなくなってしまうほどだった。

処刑された山東人の遺骸の多くは城南の郊外に葬られた。

甲寅《こういん》の年（一六七四）、萊陽から書生が一人、ここにやってきた。処刑された者の中に親《しん》戚《せき》や友人が二、三人いたので、供養のために紙銭（焚《た》いて死者を供養する紙の銭）や酒を買って墓参りをし、別院の僧に部屋を借りて宿泊した。

翌日、書生は、用事があって城内に出かけたが、日が暮れたのに帰ってこない。その間に、一人の少年が書生の部屋を訪ねてきた。書生が不在であるのを見ると、帽子を脱いで寝台に上がり、靴をはいたまま仰向けに寝てしまった。召使いの者が、

「どなたですか」

と尋ねても、眼を閉じたまま返事もしない。

やがて書生が帰ってきた。そのときは夕暮れ方であたりはぼんやりしていて、書生は少年が誰か、はっきりと見きわめることができない。書生は自分で寝台の下へ行き、誰であるか尋ねた。するとその少年は目を見開いて言った。

「わたしはあなたの主人を待っているのだ。盗人なんかではない。何度もしつこく尋ねるな」

「主人はここだ」

と書生が笑って言うと、少年はあわてて起き上がって、帽子や衣を着けて座り、きちんと挨拶《あいさつ》をした。その声は以前に知っていた人に似ている。急いで灯を持ってこさせて見てみると、なんと同じ県の朱《しゅ》という書生で、この人も于七の難で死んだ人であった。

たいへん驚いた書生は、その場から逃げ出そうとした。すると朱は引き留めて言う。

「きみとぼくとは同じ学問をした友人ではないか。どうしてそんな情の薄いことをするのか。ぼくは幽霊ではあるが、だからといって友を思う気持ちはいささかもなくしてはいない。今日は、きみに頼みたいことがあるんだ。どうかぼくを変なものを見るような目で見ないでほしい」

そこで、書生は座って、頼みを聞くことにした。朱は話しはじめた。

「きみの姪《めい》は夫がいないから、ぼくは妻に迎えたいと思い、何度も仲介者を立ててお願いしたのだが、年長者の命令がないということで断られた。そこできみに、ひとこと言ってもらいたい」

これより前のことだが、書生には姪がいた。幼いときに母を失ったので、書生の家で育てられていた。十五歳で初めて自分の家に戻ったが、俘《とりこ》となって済南へ行き、父が処刑されたと聞くと、驚いて自ら命を絶ったのであった。

書生は言った。

「姪には父親がいるのに、なぜぼくに頼むのか」

「その父親は甥《おい》が棺を運んでいってしまったから、いま、ここにはいないのだ」

「では、姪は誰に頼ってきたのだ」

「いまは隣の媼《おうな》と同居している」

書生は、生きている人が死んだ人間の媒介などできないだろうと考えたが、朱は、

「もしも承知してくれるのだったら、足を運んでほしいのだが」

と言い、書生の手を握った。書生は手をはなして訊《き》いた。

「どこへ行くのだ」

「ただ行けばよいのだ」

そこで書生はどうにかして付いていった。

北へ一里ほど行くと、大きな村落があり、およそ数百の家があった。その中の一軒の家に着くと、朱は扉を叩《たた》いた。すぐに媪が出てきて扉を開いた。

「何の用ですか」

朱は言った。

「お嬢さんに、おじさんが来たと伝えてください」

媪は奥へ行ったが、すぐにまた出てきて書生を迎え入れ、朱に向かっては、こう続けた。

「二間しかないあばら家《や》で、たいそう狭いので、あなたはしばらく門の外で待っていてください」

書生は媪のあとについていった。入ってみると、半畝（約三アール）くらいの荒れた庭に、小さな部屋が二つ並んでいる。

姪は戸のところで書生を迎えて、すすり泣きをしている。室内は灯火が明るかった。女

の顔は、生きていたときと同じように美しかった。目に涙を浮かべながら、ひとえにおばたちのことを尋ねるので、書生は言った。

「みんな元気だ。ただ妻は死んだよ」

娘はまた嗚咽《おえつ》し、こう言った。

「わたしは、幼いときからおばさんたちに大切に育てられました。まだ少しもご恩を返しておりません。思いがけなく先に死ぬことになってしまい、本当に残念です。先年、おじさんのお兄さんが父を運んでいった際、わたしのことを忘れて置いておくものですから、数百里も離れたところで、ただ一人で秋の燕《つばめ》のように暮らしているのです。おじさんがわたしの魂を見捨てずに金帛《きんぱく》をくださいました。あのお金はもう、いただきました」

書生はそこで朱の言葉を姪に告げたが、姪はうつむいたまま、話そうとはしなかった。

媼が言う。

「あの公子は以前、楊《よう》婆さんに頼んで何度も妻に迎えたいと言ってきたのです。この年寄りはたいへんいいことだと思うのですが、お嬢さんは自分でいいかげんに承諾することはできない、おじさんが決めてくだされればそれでいい、と言うのです」

そのとき、十七、八歳の娘が侍女を一人、従えて入ってきた。しかし書生をちらりと見ると身をひるがえして逃げようとした。姪はその裾《すそ》を引いて、

「そんな必要はないのよ。この人はわたしのおじさんだから、他人ではないの」

と言った。書生がお辞儀をすると、女もまたお辞儀をした。姪は娘を書生に紹介した。

「棲霞《せいか》の公孫《こうそん》氏の九番目の娘さんです。お父さんは旧家の出なのですが、いまは窮乏して苦しい生活をしております。朝晩、わたしと往き来しているのです」

書生が娘を見ると、笑い顔は秋の月、恥じらう様子は朝の霞《かすみ》を思わせ、まるで天女のようである。書生が、

「この人が大家の出であることはわかる。小さな家から出た人が、このように美しいはずがない」

と言うと、姪は笑って応じた。

「そのうえ女学士で詩と詞がすばらしく、昨日、わたしはちょっと教えてもらいました」

九娘《きゆうじよう》はかすかに笑って言った。

「そんなにいじめないで。おじさんが笑っていらっしゃる」

姪はまた笑いながら続けた。

「おじさんは後妻がおりませんよね。この娘さんがたいそう気に入りましたか」

九娘は笑い、

「この人の病気が出たわ」

と言って、走り去ってしまった。

戯れに近いやりとりだったが、書生が九娘をとても気に入ったのを、姪はかすかに察し、

こう言った。

「九娘の才と容貌《ようぼう》は世の中に二人といないわ。もしも身分の違いが気にならないのでしたら、わたしがあの人の母親に訊いてみます」

書生はたいへん喜んだが、

「しかし、人間と死んだ人とは夫婦になれないだろう」

と心配すると、姪は答えた。

「大丈夫よ。あの人はおじさんと縁があるのですから」

書生が出ていこうとすると、姪は見送って言った。

「五日後に月が明るく、人が寝静まった頃、人を遣わしますから」

書生は外に出たが、朱の姿が見えなかった。首をのばして西の方を見ると、片割れ月の薄暗い中にもとの道がわかった。南向きの屋敷の門前の石の上に朱が座っているのが見えた。朱は立ち上がって書生を迎えて、

「ずいぶん長いこと待ったよ。貧相な家だが、来てくれたまえ」

と書生の手を取って中に入った。丁寧に感謝の言葉を述べ、金の盃《さかずき》を一つと、大きな珠を百粒出して言う。

「他に価値のある物は何もないのだ。とりあえずこれを結納の代わりにしよう」

やがてまた、

「家に安っぽい酒がある。ただし、幽界の物だ。客人をもてなすようなものではないのだが、どうだい」

と口を開いた。しかし、書生は手を振って退出しようとしたので、朱は途中まで送り、それから別れた。

書生が家に帰ると、僧や召使いが集まってきて事の次第を尋ねた。書生は事実を隠して、

「死んだ人だと言ったのは嘘なのだ。ちょっと友人のところへ行って飲んできたのだ」

と言った。

はたして五日後に、朱が新しい靴をはき、扇であおぎながら、とても嬉しそうな様子でやってきた。ようやく庭に着いたばかりなのに、書生の姿を見るとすぐにお辞儀をして、笑いながら言う。

「きみのお祝いはもう決まっている。今夕《こんせき》、式があるのだ。来てくれたまえ」

「返事が来ていないから、まだ結納も渡していない。それなのに、どうして急に式を挙げるのだ？」

「ぼくがきみに代わってしたんだ」

深く感謝した書生は、朱についていった。朱の家に着くと、姪《めい》が華やかに笑いながら書生を出迎えている。書生が、

「いつここに嫁に来たのだ」

と尋ねると、

「三日になる」

と朱が言う。そこで書生は贈られていた珠を出して、姪に装いに添えるようにと差し出した。姪は三度辞退してから受け取り、書生にこう申し出た。

「わたしがおじさんの気持ちを公孫老夫人に申し上げたら、夫人はたいそう喜んでいました。ただし、自分は年を取っていて、他に親戚《しんせき》もいないから、九娘を遠くに嫁がせたくないといいます。そこで、今夜、おじさんに婿入りしていただくことに決めたのです。あちらの家には男子がいないので、うちのひとといっしょに行って式を挙げてください」

そこで朱が書生を連れて村はずれのある屋敷を訪れた。屋敷に着くと門が開いて、二人は座敷に上がった。「老夫人がすぐに参ります」と言われ、やがて二人の召使いに連れられたお婆さんが階段を上ってくる。書生が拝礼をしようとすると、夫人は言った。

「老い朽ちてよたよたしておりますから、ご挨拶《あいさつ》をすることはできません。よそよそしいことはやめましょう」

そして召使いを指図して、盛大な酒宴を開いた。朱は家人を呼び、別に肴《さかな》を出して書生の前に並べ置いた。また別に一壺《いっこ》の酒を設けて、客にふるまっている。宴会の様子は人間世界のことと変わらなかったが、主人は自分で盃を挙げるだけで、わざわざ人には勧めなかった。

宴会が終わると、朱は帰っていった。書生は召使いに導かれてある部屋に入った。そこには九娘が華蠟燭《はなろうそく》の下で待っていた。顔を合わせると、九娘は情をたたえた顔をした。そして二人はあらん限りの歓を尽くした。

かつて九娘母子が、都へ送られる道でこの郡に来た際に、母は苦しさに耐えられず死んでしまったという。そして九娘もまた自ら頸《くび》を切って命を絶ったのだった。

寝ながら昔のことを話しながら、九娘はすすり泣きをして寝ることができず、二篇の絶句を口ずさんだ。

昔日の羅裳《うすもの》は塵となって化《き》えた。
業果の前身を恨むばかりであった。
十年のあいだ、冷たい露の楓林《ふうりん》で月を眺めていた。
この夜、初めて画閣《いろどの》で春に逢《あ》うことができた。

白楊《はくよう》の風雨は孤墳を遶《めぐ》り、
誰が想うだろうか、あらためて陽台《ようだい》の雲になることを。
金を鏤《い》た箱の裏《うち》をたちまち開けて見れば、
血なまぐさい、羅《うすもの》の裙。

夜が明けようとしていた。九娘が書生をせかして言う。

「あなたはいったんお帰りください。召使いたちの眠りをさまさないようにして」

それからというもの、昼に帰ってきて夜に行くというありさまで、書生は九娘にまったく惚《ほ》れ込んでしまった。

ある夕べ、書生は九娘に尋ねた。

「この村は何ていうの」

「萊霞里《らいかり》というのです。里中には萊陽と棲霞の新仏《あらぼとけ》が多いので、その名がついたのです」

と言った。書生はこのことを聞いてすすり泣いた。九娘は悲しそうな顔で書生に言った。

「遠いところから来た柔らかい魂が、居場所がなく浮遊しています。こうして母子の孤独を話すだけでも悲しいことです。一夕《いっせき》の恩義をいただければ、わたしの骨をもって帰り、お宅の家の墓のそばに葬ってほしいのです。永遠の依《よ》りどころにしていただけるなら、たとえ死んだ身であっても、あなたに対する気持ちは朽ちることはありません」

書生は九娘の願いを承諾した。

「生きている者と死んだ者とは世界が違うのだから、あなたもまた長くここにいてはいけません」

九娘はこう続け、羅の足袋《たび》を書生に贈った。娘が涙をはらって別れを促すので、書生はしょんぼりとして屋敷を出たものの、まるで喪中の人の気持ちのようで、心は晴れず、とても家に帰る気にはなれなかった。

そこで朱の家の門を叩《たた》くと、朱が素足で迎えに出てきた。姪もまた寝ていたままの乱れた髪で出てきて、驚いて事情を訊《き》く。書生はしばらく嘆いたあと、初めて九娘の言葉を話した。すると姪は、

「おじさん、そのようなことを言ってはいけません。わたしもまた朝晩同じように思っております。ここは人間世界ではないのですから、長くいては本当によくないのです」

こう言って、みなで向かい合って嘆いた。書生は涙を流しながら、朱と姪に別れて家に帰った。だが朝まで眠ることができない。

書生は九娘の墓を捜そうとしたが、墓の試表（墓標《はかじるし》）を訊くのを忘れていた。夜になってまた行ってみたが、たくさんの墓が累々と並んでいるばかりで、結局、村へ行く道に迷ってしまい、嘆き恨みながら帰ってきた。

羅の足袋を見ようと思って取り出すと、風に当たってずたずたになり、まるで灰燼《かいじん》のようになってしまった。

ついに書生は旅の支度をして東に帰ったが、半年経ってもあきらめられなかった。そこで稷門《しょくか》へ行くことにした。どうか会うことができますようにと祈りながら、城南の郊外に着いたときには、陽《ひ》はすでに沈んでいた。

た。書生は馬を庭木の陰で休ませてから、草むらへ行き、九娘が葬られたところへ行ってみた。しかし、あまりにも多くの墓があり、木立ちが目をまどわし、鬼火や狐の鳴き声が人の心や目を驚かせるばかりであった。驚き、嘆きながらも、仕方なく家に帰ることにした。遊びまわる気も失ってしまい、轡《くつわ》を返して東へ一里ほど行ったところ、遥《はる》かに女が一人墓のあいだを歩いていくのが見えた。その様子が不思議に九娘に似ているので、鞭《むち》を振るって馬を急がせてみた。はたして九娘である。

書生は馬を下りて、言葉を交わしたいと思ったが、女は知らぬふりをして、スタスタと歩いていくので、さらに九娘に近寄った。すると女は顔色を変えて怒り、袖《そで》を挙げて顔を隠す。書生は、急いで、

「九娘！」

と呼んだが、九娘は忽然《こつぜん》と姿を消してしまったという。

幽霊との恋愛（梅女《ばいじょ》）

封雲亭《ふううんてい》は、大行《たいこう》（山西省）の人であった。たまたま郡へ行き、昼間、ある宿屋の部屋で寝転がっていた。まだ年は若かったが、すでに妻を亡くして、一人で暮らしていた。宿が

静かであったこともあり、深く考えこみながら、あたりをじっと見つめていた。すると、塀の上に女の影がぼんやりと絵のように浮かんでいる。

きっと気のせいであろうと思っていたが、長いこと動かないままで、消えることもない。不思議に思って立ち上がってみると、かえって本物のようなので、さらに近づいてみた。

その姿はまったく少女そのもので、顔をしかめ、舌を伸ばしている。美しい首には環《わ》になったひもを付けていた。驚いて見ているうちに、どんどんと下りてこようとする。縊死《いし》した者とわかったものの、白昼なので気が大きく、畏怖《いふ》することなく話しかけた。

「お嬢さん、何か激しい恨みでもあるのでしたら、小生が極力助けてあげましょうか」

女の影はすぐに下りてきて言う。

「お会いしたばかりですのに、どうしてご面倒なことをお願いできましょうか。ただ、泉下のわたしの遺骸《いがい》の舌が縮まらないものですから、ひもが取れないのです。どうか首をくくった家の梁《はり》の木を伐《き》って焼いてくださいな。そうしてくだされば、山にも等しいご恩になります」

封雲亭が承知すると、女は姿を消してしまった。

封雲亭が宿の主人を呼んで事情を訊《き》くと、主人は十年前に起こったことを話した。

「ここは梅氏が古くからもっていた家でした。ある夜、小盗人《こぬすびと》が部屋に入ってきたのですが、梅氏に捕らえられ、典史《てんごく》のもとに送りました。ところが、典史は盗人から銭三百を受け取って、盗人と娘は通じていたのだと偽りを言い、まさに娘を捕らえて取り調べをしようとしたのです。それを聞いた娘は自ら首をくって死んでしまいました。それから梅夫妻が相次いで亡くなったので、家はわたしのものとなりましたが、客がよく怪異を見るのです。これを簡単に封じる術《すべ》がないのです」

封雲亭は、死者である女が話したことを主人に話し、宿をこわして梁を替えようと計ったが、主人は費用が足りないことを理由に計画の実行をしぶった。そこで封は宿の建て替えに協力して宿の主人を助けた。宿ができてから再びその宿にいたところ、夜になって梅女がやってきて謝礼を言った。顔には喜びの色があふれ、うれしそうな様子をしているので、封は梅女を気に入り、愛そうとした。すると彼女は悲しそうな、また恥ずかしそうな様子を見せて言った。

「陰惨（あの世）の気があなたにとってよくないのです。もしもそんなことをしたら、生前の恥をすすぐことができません。会合にはふさわしい時があり、いまはだめなのです」

「それはいつですか」

と封が尋ねても、梅女はただ笑って言わなかった。そこで、

「酒を飲みますか」

と封が問うと、梅女は、

「飲みません」

と答える。

「佳人と向かい合っていながら、心を抑えて見ているだけなのは、味けないな」

「生まれてからの遊びというと、わたしはただ打馬《すごろく》をそらんじているだけです。でも、二人だけで寂しいうえに、夜は更けるし、局《ばん》がなくて困ったわ。こんな長い夜はやりきれません。すこしあなたとあやとりをしましょうか」

封は、梅女の言葉に従った。膝《ひざ》をつきあわせ、指を立て、しばらくあやとりをした。だが、そのうちに封がどうしてよいかわからなくなると、梅女は口ではなくあごで次の手を指図し、変幻自在にあやとりをあやつり、その術は尽きなかった。

封は笑って言った。

「これは閨房《けいぼう》の絶技だ」

「これはわたしが自ら悟ったのです。二本の糸があれば、あやを作ることができます。他の人は気がつかないのです」

夜が更けてくると、封はたいそう体がだるくなってきた。梅女は封を強いて寝かせ、こう言った。

「わたしは陰（死者）の世界の人間ですから寝ませんが、どうかあなたは寝《やす》んでください。わたしは揉《も》み術を心得ていますから、技を尽くして清らかな夢を結ぶことができるようにしてあげましょう」

封は梅女の言うままになって横になった。

梅女は掌《てのひら》を合わせて頭のてっぺんから踵《きびす》にいたるまで体のすべてを軽く揉んでくれた。手が触れてゆくところは、骨がまるで酔ったようになる。やがて指を握って、綿《わた》でできた毬《まり》が触れるように細かく揉むと、体がのびていく。その快さは言葉では表現できないほどで、腰の部分まで揉んできたときには、口も目もうっとりとして、股《もも》に及んだときはたちまち深い眠りへと沈んでしまった。

目が醒《さ》めると、すでに昼頃になっていた。骨の節々は軽く和やかになっていて、以前とは異なったようで、心はますます梅女を愛慕するようになっていた。ところが、家のまわりをめぐって梅女を呼んだが、まったく応えが返ってこなかった。

夕方になってようやく梅女が来たので、封は尋ねた。

「あなたはどこにいたのですか。わたしは繰り返し繰り返しあなたのことを呼んでいたのに」

「死者には決まった居場所はないのです。つまり地下にいるのです」

「地下には体を入れる隙間があるのかい」

「死者には地面は見えないのです。ちょうど魚に水が見えないのと同じです」

封は梅女の腕を握って語りかけた。

「あなたを生き返らせることができるのなら、破産してでもあなたを買うのだが……」

梅女は笑って答えた。

「破産なんかしなくてもいいです」

戯れているうちに夜中になった。封が女に言い寄ると、女は言った。

「あなたはわたしにまといついてはいけません。浙江《せっこう》の愛卿《あいけい》という娼婦《しょうふ》が、いま、北隣に住んでおりますが、この者は、たいへん器量好しです。明日の夕べに呼んで、わたしの代わりにしようと思うのですが、いかがですか」

封が承知すると、次の日の夕方、若い女といっしょに来た。年齢は三十になるかならぬかで、眉目《びもく》は生き生きとしていて、艶《つや》っぽい女であった。

三人は仲良く座して、打馬をして遊んだ。それが終わると、梅女は立ち上がって言った。

「おたのしみですこと。わたしは帰ります」

封は梅女を引き留めようとしたが、飄然《ひょうぜん》と去っていった。残された二人は寝台に上がって、楽しく話し合った。素性を訊くと、適当にごまかしてはっきりとは言わなかったが、ただ、こう話した。

「あなたがもしもわたしを愛してくれるのでしたら、北側の壁を指で弾《はじ》いて、小さく『壺盧子《ふうろうず》』と呼んでください。そうすれば、すぐに参ります。三回呼んでも返事をしなかったら、そのときは暇がないのですから、それ以上は呼んではいけません」

そして明け方になると、北側の壁の隙間から出ていった。

次の日には梅女が一人で来た。封が愛卿のことを訊くと、

「高《こう》の公子に招かれて、お酌をしているので、来ることができないのです」

と言う。二人は世間話をしたが、梅女には言いたいことがあるようで、口ごもり、最後まで話そうとはしない。ただすすり泣くばかりであったのを、封は無理に戯れた。梅女は明け方の四時頃に帰っていった。

それからというもの、二人の女は封のもとに頻繁に来るようになった。いつも夜から朝まで続いたので、町の人たちみなが知るところとなった。

典史の某《なにがし》もまた、浙江の一族の出であった。本妻は下働きの男と密通したので追い出した。次に娶《めと》った顧《こ》氏とは深く相愛のあいだがらであったが、一か月ほどで若死にしてしまい、たいそう悲しんでいた。封のところに霊鬼がいることを聞いて、冥途《めいど》とのゆかりを尋ねたいと思い、馬に乗って封を訪ねてきた。

封ははじめは承知しなかったが、某が一所懸命に頼むので、やむをえず共に酒を飲み、彼のために死者の妓《ぎ》を呼ぶことにした。

日が暮れてから、封は壁を叩《たた》いて愛卿を呼んだ。三度目の声が終わらないうちに、愛卿が急いで来た。だが、顔を挙げて客を見ると、顔色を変えて走り去ろうとする。封が身をもってさえぎると、某は愛卿をよくよく見たらしく、たいそう怒って大きな椀《わん》を投げつけた。すると愛卿の姿はたちまち消えてしまった。封は大いに驚いたものの、そのわけがわ

からなかった。某に訊こうとすると、にわかに暗い部屋の中から一人の老媼《ろうおう》が出てきて、激しい口調でののしった。

「がめつい奴め！　わたしの家の銭の成る樹木を壊しおって。三十貫払え！」

さらに杖《つえ》で某に打ちかかったところ、某の頭にあたった。頭をかかえた某は、哀れみを乞《こ》うような調子で言った。

「あの女は顧氏という名で、わたしの妻です。若いときに死んだので、ひどく悲しんでいたのですが、死んでから不貞をしているとは思いもよらなかった。ともあれ、お婆さんには無関係のことです」

それを聞いた媼《おうな》は怒って、言葉を返した。

「お前は、もともと浙江の一無頼漢ではないか。典史の地位を買って偉そうな顔をしているが、お前は官職にいて、どんな白黒をつけたことがあるのだ。袖《そで》に三百銭あれば、お前はすぐにわたしの言う通りになるじゃないか。そんなお前を神は怒り、人は怨《うら》み、死期がすでに迫っていたのに、お前の父母が冥途の役人に哀願して嫁を郭《くるわ》に入れたんだ。お前に代わって、お前が貪《むさぼ》ったつぐないを嫁にさせていたのを知らないのか」

言い終わると、また杖で体を打つので、某は悲鳴をあげながら逃げ回る。封はそれを抑えられず、驚き、不思議に思っているばかりだった。そうしているうちに、梅女が現れた。しかし、梅女は目を見張り、舌を吐き出し、顔の様子が変わっている。部屋から走り出たかと思うと、某に向かい、長い簪《かんざし》をその耳に突き刺した。封はたいへん驚いて体で客をさえぎった。だが、梅女の憤りはやまない、封はなだめて言った。

「某に罪はあるよ。でもここで死んだら、わたしに咎《とが》が来る。どうか、お手やわらかに頼むよ」

梅女はそこで嫗を引き留めて言った。

「しばらくのあいだ生かしておいてください。わたしや封のためです」

某はうろたえながら、こそこそと去っていく。だが、役所に着くと、頭痛がして夜中になると死んでしまった。

次の夜、梅女が出てきて笑いながら言う。

「痛快なこと。気持ちがすっとしたわ」

どういう怨みがあったのかと訊《き》くと、梅女は話しはじめた。

「前に言いましたが、あの男は賄賂《わいろ》を取り、わたしに無実の罪を押しつけたのです。わたしは長いこと怨んでいたのです。いつもあなたに頼んで無実の罪をすすぎたいと思っておりました。でも、あなたに少しも徳をほどこしていないから、頼みごとをする自分を恥じて言うのはやめていたのです。ところが、昨夜、たまたま言い争いが聞こえたので、そっと覗《のぞ》いてみますと、思いがけなくその敵《かたき》だったのです」

封はいぶかりながら尋ねた。

「あの男がきみを無実の罪に陥《おとしい》れた者だったのか」

「彼が典史になってここに来てから十八年、わたしが無実の罪で死んでから十六年です」

「あの嫗は誰なのだ」

「老いた娼婦です」

封は愛卿のことを訊いた。梅女は、

「彼女は病気で臥《ふ》しております」

と言い、笑顔で続けた。

「わたしは以前に、あなたと会合するときがあると言いました。それはもうすぐです。あなたは前に、破産してもわたしを引き取りたいと言ったのを、まだ覚えていらっしゃいますか」

「いまでも同じ気持ちだ」

「じつは、わたしは死んだその日に延安の展孝廉《てんこうれん》（郷試に合格して挙人《きょじん》になった者）の家に生まれ変わったのですが、まだ大きな怨みをはらしていなかったので、ここにとどまっていたのです。新しい帛《はく》（きれ）で魂を入れる嚢《ふくろ》を作って、わたしはあなたに付いていきたいと思います。展氏のところに着いて求婚したら、必ず話はまとまります」

梅女はこう答えた。

とはいうものの、封は、自分と梅女とでは身分が違うので、おそらく結婚は成就しないであろうと思った。すると梅女は言った。

「ただ行けばいいのです。心配しないでください」

封が梅女の言葉にうなずくと、梅女は続けた。

「途中で呼びかけないでください。祝言の夕べを待ってから、花嫁の首に嚢をかけ、早口に『忘れるな、忘れるな』と声をかけてください」

封が承知して、嚢を開けると、女は身を躍らせて中に入った。

封は嚢をもって延安へ行き、梅女が生まれたという家を訪ねた。はたして展孝廉という人がおり、娘を一人もうけていた。娘の容貌《ようぼう》はたいそう良かったものの、知恵が遅れているうえ、常に舌を唇から外に出して、太陽にあえぐ犬のようであった。十六歳になっても縁談がないのを心配して、その憂いで両親は病気になっているということであった。

封はその家の門に着くと、名刺を出し、つぶさに氏素性を話して退出した。そうしておいて、仲人を頼んで希望を述べると、展は喜んで封を家の婿とした。女はたいへんな知恵遅れで礼儀も知らないが、二人の召使いが封の家に連れてきた。

やがて召使いが去ると、女は衣の胸を開いて乳をあらわにし、封に向かってみだらに笑った。封は嚢でおおい、女を呼んだ。女は瞳《ひとみ》を見据えたまま、疑っているかのようだった。

封は笑って、

「わたしのことを知らないのか」

と言い、嚢を取ると女に見せた。女はやっと封に気がついて急いで襟を整え、喜んでいっしょに戯れるのであった。

封が展に会いに行くと、岳父は慰め、こう述べた。

「娘は知恵遅れで、何も知らないのに、愛してくだされた。もしもそなたに気持ちがあるのならば、家の中には賢い召使いがあまたおります。わたしは喜んで贈ります」

封は娘が知恵遅れでないことを一所懸命に説明したが、展は疑っていた。

まもなくそこに娘が来た。不思議なことに彼女の一挙一動が、すべて良くなっている。展はたいへん驚いた。女は、ただにこやかに微笑している。展は詳細にわけを訊いたが、女がもじもじして恥ずかしがっているので、封が女に代わって事の次第を述べた。

展は大いに喜び、以前よりも娘を愛するようになった。さらに、子の大成《たいせい》と婿の封とを共に学ばせ、手当てを豊かにしてくれた。

一年余りすると、大成はだんだんと封を厭《いと》い、軽んじるようになった。そのため、婿と舅《しゅうと》のあいだがらが悪くなってきた。そのうえ、下働きの者たちが封の短所を探しては言いがかりをつける。展はしだいに惑わされるようになり、封の扱い方もじょじょに雑になっていった。このことに気がついた娘は、封に言った。

「岳父の家に長くいてはいけない。だいたい父の家に長くいる者は、みんな駄目な者ばかりです。二人のあいだが大きく決裂しないうちに、早く帰るべきです」

封は当然だと思い、このことを展に話した。展は娘を引き留めようとしたが、娘はそれを断った。父も兄も怒り、乗り物も与えてくれなかったので、娘は小遣いを出して馬を雇い入れた。

二人が帰ってのち、展は故郷に戻るように言ってきたが、女は固く辞退して行こうとはしなかった。のちに封が挙人に及第してから、展と封たちはようやく仲良くなったのであった。

死んだはずの父親（牛成章《ぎゅうせいしょう》）

牛成章は江西《こうせい》の布商人であった。鄭氏《ていし》を娶《めと》って、息子と娘を一人ずつもうけたが、牛自身は三十三歳で病死してしまった。そのとき息子の忠《ちゅう》は十二歳、娘は八、九歳だった。夫の死後、母は貞節を守ることができず、遺産を売って嚢《ふくろ》に入れ、他家へ嫁いでいった。残された二人の遺児が生きていくことはむずかしかったが、牛には六十歳になる従嫂《あによめ》がいた。その人は貧しい寡婦《かふ》で帰るところもなかったので、遺児はその人といっしょに住むことになった。数年が経過して嫗《おうな》が死ぬと、家はますます衰えた。

忠はしだいに成長し、父の仕事を継ごうと思いながらも、資力がなく苦しんでいた。一方、忠の妹は毛《もう》氏に嫁いだ。毛氏は豊かだったので、妹は婿に窮状を訴え、数十金を借りて兄に渡した。しかし兄は人に付いて金陵《きんりょう》（南京）へ行く途中で賊に遭い、旅費をことごとく失ってしまい、そのまま帰ることもできずに、ふらふらとしていた。たまたま質屋へ行ったとき、店の主人の顔が父に似ていたので、店を出てから、ひそかにそのことを調べた。すると姓も字《あざな》もぴったりと符合していたので忠は驚き、怪しんだもののの、そのわけがわからない。ただ質屋のあたりをうろうろして、主人の様子をうかがっていた。しかし、その人はまったく忠を見もしなかった。

このようにして三日のあいだ、その話し方、笑い方、一挙一動を見ていると、まことの父に間違いがない。だが忠はすぐには名のらず、同郷だということで店に雇ってほしいと主人に話し、証文を入れた。

主人は、忠の故郷や姓名を見て、心を動かされたようで、どこから来たのか訊いた。忠が泣きながら父の名前を告げると、主人は悲しそうな表情をして尋ねた。

「お前の母は元気かな」

忠は父が死んだことは言わないで、うまく答えた。

「わたしの父は六年前に商売で出かけたまま帰ってこなかったので、母は他へ嫁いでしまいました。伯母《おば》がわたしを育ててくれたからよかったもののの、そうでなかったら、わたしはとっくに野垂れ死にをしていたことでしょう」

主人は悲しそうな様子で言った。

「わたしがお前の父親だよ」

そうして手を取って泣くのであった。それから忠を家の奥へ連れてゆき、後妻に挨拶《あいさつ》をさせた。継母は姫《き》という名字で、三十過ぎであったが、子どもがいなかったので、忠が来たのを喜び、寝所でご馳走《ちそう》をしてくれた。

だが父の牛はすすり泣くだけで、楽しい気持ちにはなれないようだった。牛はともかく故郷に帰りたいと思ったが、妻は店に誰もいなくなってしまうことを案じて反対した。そこで牛は忠と共に店の仕事をした。

三か月経つと、牛は一切の帳簿を忠に任せ、旅の準備をして西へ向かった。

牛と別れてから忠は、牛が死んでいるのだということを継母の姫氏に話した。姫氏は言った。

「あの人が荷物を背負ってここに商売に来たとき、前から友好的であった人が引き留めて質屋になったのだよ。わたしを妻にしてからもうこれだけの時間が経っているのに、どうして死んだなどと言うんですか」

忠がさらに詳細に事の経緯を話すと、事情をよくのみこめないらしく、不思議な顔をする。

一昼夜が経過してから、牛が髪の毛を振り乱した女を連れてきた。忠が見ると、その女は生母であった。牛は生母の耳をつかんで怒鳴った。

「どうして息子を捨てたのだ！」

牛は土下座したままったく動かない生母の首に嚙《か》みついた。生母は忠を呼んで言った。

「息子よ、わたしを助けてくだされ。息子よ、わたしを助けてくだされ」

忠は母の叫びを聞いて、二人の中に割って入った。牛はまだ怒っていたけれど、生母はいつのまにか姿を消していた。

みんなはたいへん驚き、生母のことを死者であろうと言い合った。たちまち牛の顔が悲しそうになった。そして衣服を脱ぎ捨てると、黒い気となってやがて姿が見えなくなってしまった。

継母と忠は驚き悲しみながら、衣服や帽子を拾い上げて葬った。忠は父の仕事を継いで大金持ちになった。自分の家に帰ってみると、嫁いだ母はその日のうちに死んでいて、家の者たちはみんな牛成章の姿を見たということであった。

幽霊のにせもの（周克昌《しゅうこくしょう》）

淮上《わいじょう》（河南省）の貢士《こうし》（会試の及第者で、第九位以下の者）に周天儀《しゅうてんぎ》という者がいた。五十歳になって、克昌という名前の子が一人いるだけだったため、その子をたいそう可愛がっていた。昌は容貌《ようぼう》はとても優れていたが、十三、四歳になると、勉強が嫌いになり、ややもすると塾を抜け出して子どもたちといっしょになって遊び、いつも一日中、帰らなかった。それでも周はその子を許していた。

ある日、すでに日が暮れてしまったのに、昌が家に戻ってこなかった。心配になって捜しはじめたのだが、どうしても見つけることができない。夫婦は泣いたり騒いだりして、死んでしまいたいと思うほど悲しんだ。

一年余りが過ぎた頃、昌が突然帰ってきて、行方不明になったわけを語った。

「道士にかどわかされて、連れていかれたのだけれど、幸いなことに害されることもなく、道士がよそに出かけたすきに、逃げ帰ってきたのです」

周はあまりの嬉《うれ》しさに、それ以上問い詰めようとはしなかった。書物を教えると、昔の倍くらい賢くなっている。また翌年になると、文章を考える力が非常に進歩し、やがて郡の学校に入り、試験を受け、ついにはその名を知られるようになった。すると名家から争うようにして結婚の申し出があったが、昌はそれを願わず、なかなか承諾しなかった。

趙《ちょう》という進士（官吏登用試験の科挙に合格した者）に美しい娘がいたので、周は強引に息子のためにその娘を娶《めと》らせた。やがて輿入《こしい》れをすると、夫婦はとても楽しそうにふざけあっていたが、昌はいつも独りで寝て、夫婦の交わりはないようであった。

翌年、昌は秋の試験に合格し、周はますます気持ちが慰められた。しかし、しだいに年を取ってくるので、孫を抱きたいといつも思っていた。あるとき、それとなく昌にほのめかしたところ、昌は何のことかはっきりしない様子で、意味がわからないようであった。我慢ができなくなった母が、朝晩、くどくどと言うようになると、ある日、昌は顔色を変え、

「わたしは長いことここから逃げ出そうと思っていたのです。しかし、すぐに捨てることができなかったのは、育ててくれた情を思ったからです。本当は、寝屋を共にして望みをかなえることができないのですから、どうか出ていかせてください。お望みの者はすぐに来ますから」

と言って、そのまま出ていってしまった。年老いた母は追いかけて、昌の袖《そで》を引っ張った。その途端、昌は倒れ、着ていた衣だけが抜け殻のようになって残っている。母はたいそう驚き、昌はすでに死んでしまっていて、これはきっとその幽霊なのだと思い、悲嘆にくれるばかりであった。

その翌日、昌が突然、下男を連れて馬に乗って帰ってきた。家の者たちが驚いて尋ねると、こう説明する。

「悪人にかどわかされて、富裕な人のところに売られてしまいましたが、その商人には子がいなかったので、自分の子どもにしてくれたのです。ですが、わたしが実家のことばか

り考えているのを見て、しまいには送り帰してくれました」

勉強に関して訊《き》いてみると、わからないところは昔と同じであったので、これが本当の昌であり、学校に入ったり、郷試（官吏登用試験の一つ）に合格したのは幽霊のにせものであるとわかった。まだそのことが世間に漏れていないことをひそかに喜び、孝廉（郷試に合格して挙人《きょじん》になった者）の名をそのまま継がせておいた。

寝間に入ると、妻はとてもなれなれしかったが、昌の方は恥ずかしそうにしていて、新婚の者のようであった。幸いなことに、一年が経って、念願の子どもができたのである。

あの世から戻った女（薛《せつ》慰《い》娘《じょう》）

聊城《りょうじょう》（山東省）の豊玉桂《ほうぎょくけい》は、貧乏で職業もない書生であった。崇正《すうせい》（崇禎《すうてい》か。明代の年号）のとき、たいへんな飢饉《ききん》が起こり、豊はたった一人で遠方へ逃げた。一年余りが過ぎ、故郷へ帰ろうとして沂水《きすい》まで来たところで病気になってしまった。それでも必死で何里も歩き、城南の墓場まで来ると、疲労が重なって、歩くことができなくなり、ある土饅頭《どまんじゅう》にもたれ横になった。

しばらくして、夢の中にいるような感じで、ある村へ行くと、一人の老人が門の中から出てきて、豊を招き入れる。そこは二間のとても質素な家であった。部屋の中には十六、七歳の賢そうな、雅《みやび》やかな娘がいた。老人は娘に命じて柏枝湯《はくしとう》を茶碗《ちゃわん》に入れて豊に出させた。そして豊に住んでいるところや年齢を訊《き》き、やがて話し出した。

「わしは平陽の者で姓を李《り》、名は洪都《こうと》といいます。この土地に住んでから三十二年になります。そなたが、この家を覚えていて、もしもわしの子孫が捜しにくるようなことがあったら、教えてやってください。わしはその恩義は忘れません。ここにおる娘は慰娘《いじょう》という養女で、顔形もさほど悪くはないし、そなたと結婚させようと思います。三番目の息子が着きましたら、そうすることにしましょう」

豊は喜び、老人にうやうやしくお辞儀をして言った。

「わたしは二十二歳で、まだ妻はおりません。妻となる人をいただけますのはありがたいことですが、どこであなたの家の人にお話ししたらよろしいのですか」

「そなたがこの村に一か月余りお住みになれば、自然と訪ねてくる者がおります。ただ、ご面倒をお掛けしますが、この家を教えてくだされればよいのです」

豊は老人の言うことを信じることができなかった。

「あなたに申し上げますが、わたしが生まれた家は壁しかないのです。あとで望んだような婿ではなかったと、離縁されるだろうと思うのです。そうしたことは耐えられません。たとえ婿でなくとも、孔子の弟子の季路《きろ》のように約束したことはきっと守りますので、事実をお話しになってくださいませんか」

老人は笑って答えた。

「そなたはきちんと約束してほしいとおっしゃりたいのでしょうが、わしはそなたが貧乏であることはようく知っております。この縁談は、そなたのためを思ってのことだけではありません。慰娘がよりどころのない孤児となり、わしの家に来てからもう長くなりますが、この娘が零落するのを放っておくことはできませんので、そなたに差し上げることにしたのです。お疑いなさるな」

そして豊の手を取って外へ送り出すと、お辞儀をして戸を閉ざしてしまった。

そのとき、豊は夢から覚めたことに気がついた。見ると、自分は土饅頭のそばに寝ていた。陽は正午頃のものであった。

豊はどうにか起き上がり、よろよろしながら村へ入っていった。村人たちは豊を見て驚き、

「そなたは道端で死んでから一日が経過している」

と語った。それで、あの老人は土饅頭の中の人物だと思い至ったのであるが、村人にはそのことは秘して話さなかった。

豊はどこかに泊めてくださいと頼んだけれど、村人たちは、豊がまた死ぬだろうと思って、どこの家でも宿泊させようとはしない。ところが、村に豊と同姓の秀才（府州県学の

学生）がおり、豊の噂を聞いて急いで訪ねてきた。そして家柄を尋ねたところ、その人は豊の遠縁の叔父《おじ》にあたる人であった。

喜んだ秀才は、豊を家に連れていって、食事をさせ、手当をするというありさまで、豊は何日かすると回復した。豊が墓のことを話すと、叔父は驚き、また不思議に思い、しばらく様子をみることにした。

まもなく、平陽の進士（官吏登用試験の科挙に合格した者）の李叔向《りしゆくこう》という役人が、自分の父の墓を探しにきた。

それより前のことである。李叔向の父親の李洪都が同郷の某甲《なにがし》と遠くに商売に出かけたものの、沂《き》州で死んだので、某甲は墓場に埋めて帰ってきた。そして某甲もまもなく他界してしまう。そのとき、李老人には三人の子がおり、みんな幼かったが、のちに長男の伯《はく》仁《じん》は進士となって淮南《わいなん》の県令（知事）に任じられ、しばしば父の墓を調べさせた。しかし、ついに墓の場所を知っている人は見つからなかった。

次いで、次男の仲道《ちゆうどう》が郷試（官吏登用試験の一つ）に合格して挙人《きよじん》となり、一番下の弟、叔向も及第して進士になった。そして叔向は自ら沂州に来て父の遺骨を探そうと、くまなく歩いていたのである。

その日も村人たちに訊いて歩いたが、誰も墓の場所を知っている者はいなかった。豊は叔向を夢で見た老人のいた墓へ連れていったが、叔向は豊がまだ年少の者であると思い、すぐに信用しようとはしなかった。だが、豊が自分の出会ったできごとを詳しく話すと、叔向も不思議に思い、よくよく見ると二つの土饅頭が並んでいた。ちょうどそのとき、ある人が、

「三年前にある役人がそこに若い妾《めかけ》を葬っている」

と話した。叔向がまちがえて他人の墓をあばくことを恐れたので、豊はかつて自分が寝ていた場所を指し示し、

「ここです」

と告げた。叔向は供の者に墓のそばに棺を持ってこさせ、墓を掘った。

墓の中には、衣服は黒ずみ破れていたが、まるで生きているような美しい女性の遺体があった。叔向は掘った墓がまちがいであったことを知り、たいそう驚いて呆然《ぼうぜん》としていた。するとその女が棺の中から立ち上がり、周囲を見回してから、

「三兄《さん》さん、来たのですか」

と言った。叔向が驚いてわけを尋ねると、女は豊が夢の中で見た慰娘であった。そこで、自分の衣を脱いでかけてやり、車に乗せて先に宿へと帰らせた。

叔向は父も蘇生《そせい》してくれないかと願いながら、急いで墓を掘らせた。やがて掘り出したところ、遺骸《いがい》の皮膚は残っていたものの、あとは撫《な》でるともうひからびていた。叔向はいつまでも悲しみ、父の遺骸を棺の中に入れて、七日間、祭壇を造って法事を執り行った。

蘇生した叔向の妹という女も喪服を着て、まるで実の娘でもあるかのようにふるまっていた。女は、突然、叔向に言った。

「もうずっと以前のことですが、お父様は二錠の黄金をお持ちでしたが、あるとき、『一錠をお前の結婚の支度金にしなさい』と言って、分けてくださいました。わたしは孤児で、金をしまっておくところもなかったものですから、色糸で腰に結わえつけていたのですが、持ってこなかったのです。兄さんはそれを見つけられましたか」

叔向はそのことは知らなかった。そこで、戻って墓の中を探してみると、はたして黄金一錠が手に入った。すべて女が言った通りであったので、糸がついた金を慰娘に贈った。手が空いていたとき、叔向は慰娘の家柄を調べてみると、次のようなことがわかった。

これより以前、女の父親の薛寅侯《せついん》には息子がおらず、子どもは慰娘だけだった。そのため両親の可愛がり方はたいへんなものであった。ある日、女は金陵《きんりょう》（南京）の母方の叔父のところに婆やを連れていき、その帰途、渡し船を待っていた。じつは、その船頭というのは金陵の周旋屋で、ちょうど任期を終えて都へ行く役人から美しい妾《めかけ》を探すように頼まれていて、何人かにあたったものの、これという娘に出会わなかった。それで船で広陵（江蘇省江都県）《こうそ》へ行こうと思っていたところであった。

そこで慰娘と出会ったので、ひそかにたくらみ、いきなり婆やを呼ぶと、

「船に乗せてやろうか」

ともちかけた。婆やは船頭とはかねて顔見知りであったこともあり、共に渡ることにした。ところが、船頭は船の中で食べ物に毒物を入れ、慰娘も婆やも意識がなくなったところで、婆やを川に突き落とし、慰娘を乗せて金陵へ引き返した。そうして大金で慰娘を役人に売り飛ばした。

しかし、慰娘が家に来ると、役人の正妻はたいそう怒り、そのうえ、慰娘はまだ薬からはっきりと覚めておらず、呆然として挨拶《あいさつ》もできないほどであったから、正妻は慰娘を殴りつけて監禁した。

役人一家は河を渡って北へ向かう。二、三日経つと、慰娘はようやくしっかりと目が覚めた。召使いの女が一部始終を語って聞かせたので、慰娘はひどく泣いた。

ある夜、沂州へおもむいたとき、慰娘は縊死《いし》して果てた。それで、その遺骸を墓場に葬ったのであった。

慰娘が墓にいる大勢の幽霊たちから虐待されるのを、李老人はたえず幽霊たちを叱りつけ、守ってくれたので、慰娘は老人を父として仕えていた。老人はしばしば、

「お前は死なないですむ運命なのだから、そのうちにわしが良い婿を選んであげよう」

と言っていた。ある日、老人が豊と出会い、豊を見送って戻ってくると、慰娘に向かって、

「あの書生は信用できる男だ。お前の三番目の兄が来るのを待ち、お前の結婚式を挙げよ

う」

と口にしていた。そしてある日、こう告げた。

「お前は帰って待っていなさい。三番目の兄がすぐに来る」

それは、ちょうど墓があばかれた日であった。

女は父の法事に際して、叔向にこれまでの経緯を詳細に話した。叔向はしばらくのあいだ、溜息《ためいき》をついていたが、やがて慰娘を妹として李姓を名乗らせ、簡素であったが衣服や道具類を買い求めて豊に嫁がせた。そしてこう語りかけた。

「たくさん旅費を持っていないので、お前の準備が充分にできなかった。わたしといっしょに帰り、母上を喜ばせてあげたいと思うのだが、どうだろう」

慰娘はとても喜んだ。

こうして豊夫妻は叔向についてゆくことになり、叔向は父の棺を車に載せていっしょに帰った。

みんなが帰ってから、わけを聞いた母は、慰娘を実の子以上に可愛がり、豊夫婦を別の建物に住まわせた。葬儀のときに子どもや孫以上に悲しんでいる慰女を見て、母はいっそう可愛がり、もはや東へ帰らせようとはしなかった。そのうえ、子どもたちに命じて、豊夫婦のために新たに屋敷を買わせることにした。

ちょうどそのとき、馮《ひょう》という男が家を売りに出していた。値段は六百両である。その家を購入することにしたものの、すぐに金を調達できなかったので、一時的な契約をして、日を決めて金を渡すことにした。

家の金を支払う期日になり、馮は朝早くに金を受け取りに来た。ちょうどそのとき、母の様子を見に、離れから入ってきた慰娘がふと見ると、馮はあのときの船頭にたいそう似ている。馮も同じく驚いた様子であった。

慰娘はそのまま通り過ぎて母のもとへ行くと、母は少し体調が悪く、二人の兄がそこにいた。慰娘は、

「広間をうろうろしている男の人は誰ですか」

と訊《き》いた。

「忘れてしまうところであった。その者はきっと先日、家を売った者だろう」

仲道がそう言って立ち上がり、出てゆこうとしたところ、慰娘は心の中にある疑いを話し、問いただしてほしいと頼んだ。仲道は承知して出ていったが、見ると、すでに馮は帰ってしまったらしい。ちょうどそこに、町の南に住んで塾の教師をしている薛《せつ》先生が来ていた。先生は説明した。

「昨夜、馮某《なにがし》が来て、朝早くこちらに出向き、保証人の署名をしてほしいと頼んできたのです。ところが、いま、途中で会うと、忘れ物があるからちょっと帰ってすぐに戻る、しばらく待っていてほしいと言っていました」

しばらくして、豊も叔向もみんなが客間に来て、話をしていた。慰娘は馮をよく見たかったので、ひそかに屏風《びょうぶ》のうしろから客をのぞいてみたところ、よくよく見ると隣りに父がいる。慰娘は突然飛び出して父に抱きつくと、声を挙げて泣きわめいた。薛も驚いて涙を流し、

「わが子よ、どうしてここに来ているのだ？」

と尋ねた。

みんなは初めて薛先生が寅侯であることを知った。仲道は街頭でしばしば薛翁に会うことがあるが、いまだかつて姓名を訊いたことがなかった。喜んだみなは、これまでのいきさつを話し、酒の用意をして祝福しあった。そして薛翁は李の家に泊まることになり、それまでのことを話したのであった。それによれば、娘がいなくなったのち、妻は悲しみのために死んでしまい、独り身となってよるべのない翁は、旅に出てここに来ていたのだという。

豊は、

「家を買ったら、薛を迎えて、いっしょに住もう」

と約束した。翌日、馮のところを探りに行くと、馮一家はどこかへ逃亡しており、もとの家にはいなかった。それで初めて、婆やを殺害して娘を売り飛ばしたのが、馮であるとわかった。

馮は初め平陽で商売を始め、財産もできたのだが、最近は博打《ばくち》に負けて、しだいに生活が苦しくなり、屋敷を売ろうとしていた。女を売った金などはすでになくなっていたのだ。慰娘は気持ちが落ち着いたので、それ以上は馮を憎むことなく、日柄を選んで引っ越した。馮がどこへ行ったか、彼女はそれ以上追跡しようとは思わなかった。

李の母はしょっちゅう慰娘にさまざまな物を贈ったので、生活必需品などは、みんな母からの贈り物であった。豊はついに平陽に住むことにしたものの、秀才の受験のたびごとに帰郷することをつらく思っていた。だが、幸いなことに今度の試験に及第して挙人になることができた。

慰娘は生活が豊かになり、出世していくたびに、いつも自分のために死んだ婆やのことを考え、何とかしてその子にお返しをしたいと思っていた。婆やの夫は姓を殷《いん》といい、息子は富《ふう》という名前であったが、博打好きで、まことに貧乏この上もないというありさまであった。

富はある日、賭場《とば》のいざこざから人をなぐり殺してしまい、平陽に逃げ帰った。豊は知らなかったが、富は慰娘を頼って、はるばると訪ねてきた。豊は喜んで富を家に泊め、いろいろと尋ね、彼が殺害した男の名前を訊くと、その男は馮某であった。豊はしばらくのあいだ、驚いたり、溜息をついたりしていたけれど、やがて、富のためにこれまでの事情を語って聞かせた。富は初めて馮某が母を殺害した敵《かたき》と知り、とても喜んで、結局、豊家に雇われて働くことになり、その地に住むこととなった。

薛寅侯は、娘に養われて、安穏な日を過ごしていた。豊は翁のために妻を買ってあげ、息子と娘が一人ずつ生まれたという。

幽霊にからかわれた乱暴者（司札吏《しさつり》）

武官の一つ、遊撃官の某は、妻や妾《めかけ》がたくさんいた。この人は自分の幼名を嫌ったので、諱字《いみなじ》を避け、「年」を「歳」、「生」を「硬」とし、「馬」は「大驢《だいろ》」と言わせ、また「敗」を嫌って「勝」、「安」を嫌って「放」と言わせていた。書簡の上ではそれほど忌み嫌うということはなかったけれど、家人が忌み言葉を使うと、ひどく怒った。

ある日のこと、司札吏（文書係の小役人）がついうっかりと忌み言葉を使ってしまい、某は非常に怒って、硯《すずり》でなぐった。打ちどころが悪かったのか、司札吏はその場で死んでしまった。

それから三日後のことである。某が酒に酔って寝ていたところに、司札吏が名刺を持って入ってきた。

「何の用か？」

と訊くと、

「馬子安がお会いしたいと言ってきています」

と言う。某はたちまち、ここに立っているのは死んだ司札吏の幽霊であると察知し、いきなり飛び起きると刀を抜いて斬りつけた。

司札吏は、ニヤリと笑うと、名刺を机の上に投げ捨てて、そのまま消えてしまった。名刺を取り上げてみると、

「歳家眷硬大驢子放勝」（諱字で書くと「年家眷生馬子安敗」となり、「大驢子放勝」は妻妾が多い遊撃官が淫乱者《いんらんもの》であることを風刺している）

という文字が書かれていた。乱暴者が幽霊にからかわれたのだが、おかしいなどというものではない。

死んだ憎の笑い（死憎《しそう》）

某という道士が行脚《あんぎゃ》をしていたときのことだ。夕暮れ方、野の寺に宿泊しようと思って訪ねると、僧の部屋は閉じられていた。そこで、廊下に蓙蓙《ござ》を敷いて坐禅《ざぜん》を組んでいた。夜がやがて静かに更《ふ》けていった。ふと、戸が開く音が聞こえる。見ると、全身血まみれ

となった一人の僧が出てきた。しかし、僧は道士の存在に気がついていない様子なので、道士の方も同じように僧を見ないそぶりをしていた。

僧はまっすぐ本堂に入り、仏座に登った。見ていると、僧は仏の頭をかかえて笑っている。そうして、しばらくすると僧はどこかに帰っていった。

夜が明け、部屋を見ると、戸は依然として閉じられたままである。奇妙に思った道士は、村里へ行き、前夜に見たことを村人たちに語った。そして村のみんなと寺へ出かけ、戸を開いて中を調べたところ、僧は殺害されていて床に倒れていた。部屋の中の敷物や箱も、かき乱されている。強盗が入ったのだと判明したが、殺された僧の幽霊が笑っていたのは、何かわけがあるのだろうと思い、みんなで仏の頭を調べると、頭の後ろに少しばかりの傷跡がある。その部分を削ってみると、中には三十両余りの金が隠されていた。村人たちはその金を費用として、僧の葬式を執り行った。

幽霊の子（土偶《どぐう》）

沂水《きすい》（山東省）に馬《ば》という姓の男がいた。王氏を妻に迎えて、二人は仲良く暮らしていた。だが、馬が若死にをしてしまったので、王氏の父母は後家のままでいるという娘をど

うしても、もう一度結婚させようとした。それでも王氏は、

「決して他に嫁ぐことはしない」

と言う。姑《しゅうと》も、王氏が年若であるのを不憫《ふびん》に思い、再婚を勧めたものの、やはり王氏は言うことを聞こうとはしなかった。

母は、

「お前の気持ちは本当に立派だ。でも年がとても若いのだし、そのうえ子どももまだできてはいなかった。初めのうちはみな一所懸命頑張るけれど、あとで恥さらしなことをする者がよくいるものだ。やはり早く再婚した方がいいと思うんだがね。それが人情というものだよ」

と諭した。しかし王氏はその言葉を聞くと、きつい表情で、

「わたしが他へ嫁にいく、などというように、もし心変わりがしたら、命を失ってもいいです」

と誓う。

王氏は人形師に頼んで、夫の姿に似た土偶（泥人形）を作らせ、生きていたときと同じように、毎日、食事を供えている。

ある夜のことである。王氏が寝ようと思って、ふと周りを見ると、土偶が背伸びをして、こちらに歩いてくる。驚いて見ていると、すぐに普通の人間の大きさになった。まさに夫

その人である。王氏は恐ろしくなって、母を呼ぼうとした。幽霊はそれを止めて、口を開いた。

「やめなさい。お母さんを呼んではいけない。お前の愛情の深さに、わたしはあの世で感動もしたが、つらいことも事実なのだ。一門に貞節な者がおれば、数代前の先祖にまで栄光がある。だが、わたしの父が生前に不徳なことをしたので、世継ぎがないことになっている。それで、まだ年若いわたしの寿命を縮めるようにしてしまった。しかし、冥途《めいど》の役人はお前の貞節を不憫に思い、わたしを帰して、お前に跡継ぎを産ませてくださることになったのだ」

夫の言葉を聞いて、王氏は泣いた。そして生前と同じように、仲睦《なかむつ》まじく契りを交わした。夫は鶏が鳴いて夜明けを告げると寝台を下りて帰っていった。

こういうことが一か月余りも続いた。王氏はお腹の中で何かかすかに動くものがあるような気がした。幽霊は泣いて、

「別れのときがきた。もう永遠に会うことはできない」

と言うと、それっきり来なくなってしまった。

初めのうちは、王氏は誰にも話さずに秘していたが、お腹がしだいに大きくなってきたので、隠し通すことができなくなり、ひそかに母に話した。母はでたらめであろうと疑っていたけれど、娘の様子を見ても、これといって怪しいこともなく、ひたすらとまどうだ

けであった。

やがて十か月が経過した。はたして王氏は男の子を出産した。人にそのことを話しても、みんなただ笑うだけで、本当と思う者はいなかった。王氏もみんなが嘲笑《あざわら》っていることはわかっているが、何とも説明のしようがなかった。

その上、以前から馬と仲が悪かった村長が、県令（知事）に訴えた。県令は村の者たちを呼びつけて調べたけれど、みんなが話すことは噂通りのことで、異なる話をする者もいない。

県令は言った。

「幽霊の子には影がないということだ。影のあるのはにせものだ」

県令の命令で、王氏の子どもを日なたに出してみた。影は淡くて軽い煙のようであった。

また、子どもの指の血を取って父親の像の土偶に塗ってみると、みるみるうちに染み込んで、まったく跡形もなくなった。他の土偶に血を塗っても染み込むことはなく、ちょっと拭《ふ》いただけで取れてしまう。それで、県令もその子が幽霊の子であることを信じたという。

子どもが成長して五、六歳になると、容貌《ようぼう》も言動も父の馬にそっくり似てきたので、みんなの疑いも初めて解けたのであった。

亡妻の幽霊（鬼妻《きさい》）

泰安県（山東省）の聶鵬雲《じようほううん》と妻の某とは、たいへん仲睦まじかった。だが、その妻はやがて病気で死んでしまった。聶はただもう嘆き哀《かな》しみ、腑抜《ふぬ》けのようなありさまで毎日を過ごしていた。

ある夜、一人でぼんやりとしていると、突然、妻が扉を開けて入ってきた。驚いた聶が、

「どうして来た？」

と訊《き》くと、妻は、

「わたしはもう幽霊になってしまったのですが、これほど悲しんでくれるあなたの深い愛情に応《こた》えるべく、閻魔《えんま》様に、あなたと会わせていただけるようにお願いしたのです」

と言う。聶は喜び、同衾《どうきん》したが、そのさまはまったく生前と変わりがなかった。

それからというもの、妻とは朝に別れ、夜に会うという生活が一年余り続いた。聶が後妻をもらいたいと言い出さないので、叔父《おじ》や兄弟は跡継ぎがいなくなるのを心配して、そっと聶に後妻をもらうようにと勧めた。

聶は勧めに従って、良家の娘と縁組を決めた。しかし、亡妻が不快に思うだろうと思って、隠しておいた。しかし、結婚式が近づいてくると、幽霊の妻はそのことを知って、聶

を責め立てた。

「わたしはあなたの情の深さに感動したから、あの世の定めを破って会いに来ているのです。それをいまになって契《ちぎ》りを破るとはひどいじゃありませんか。情に厚い人というのはそんなものなのですか」

聶は、

「親戚《しんせき》の者たちの意見に従ったまでのことだ」

と説明したけれど、幽霊の妻はどうしても納得せず、別れを告げると帰っていった。聶は哀れに思ったものの、これはこれで都合がよいと思った。

婚礼の夜、夫婦が床に就くと、たちまち妻の幽霊が来て寝台に上がり、

「わたしの寝台を取らないでよ！」

と、新婦を叩《たた》いた。新婦も起き上がり、つかみあいとなった。聶は困り果てて縮み込んだまま、どちらにもつかずにいたが、まもなく朝になると、幽霊は去っていった。

新婦は、聶の妻は死んではいないのに死んだと言って自分をだましたのだろうと、疑った。そして、新婦は縄をかけて首をくくって死のうとした。それを何とか引き留め、聶が詳しく説明したので、新婦はようやく幽霊であることが理解できた。幽霊の妻は夕方になるとまた現れた。新婦は恐ろしがり、他の部屋へと逃げ込んだ。

幽霊は聶と寝るわけではなく、ただ聶の肌のあちらこちらをつねって、燭台《しょくだい》に向かって

座ったまま、黙って聶をにらみつけていた。

こんなことが数晩続いた。とうとう聶はまいってしまい、近くの村に霊を祓《はら》うことに長じた人がいたので、その人に頼み、魔除《まよ》けのために桃の木を削って杙《くい》を作り、亡妻の墓の四隅に打ち込んだ。それからは亡妻の幽霊が姿を現すことはなくなった。

神の怪

城隍神《うぶすながみ》の試験（考城隍《こうじょうこう》）

わたしの姉婿《むこ》の祖父の宋《そう》公は諱《いみな》は燾《とう》といって、県の廩生《りんせい》であった。廩生とは、府州県学の試験に合格した優等生で、扶持米《ふちまい》を給される者を称した。ある日、宋公が病気で寝ていると、役人が書付けを持って、額の白い馬を引いてきて、

「どうぞ試験においでください」

と言う。宋公は、

「試験官がおいでにならないのに、どうして試験を受けることができるのですか」

と尋ねた。

だが、役人は何も答えずに、ただひたすら促すので、宋公は病気に耐えて、馬に乗って付いていった。まったく知らない道を通り、ある都城に着いたが、そこは王のいる都のようであった。やがて役所に到着すると、壮麗な造りで、上手には十人くらいの役人が座っている。見知らぬ人ばかりの中に、関帝《かん》（関羽）がいることだけはわかった。

廊下に机と椅子が二組用意してあって、自分より先に一人の秀才（府州県の入学試験に合格した者）が下手の方に座っていた。

宋公は秀才と並んで座った。机の上にはそれぞれ筆と紙とが置いてある。やがて問題を書いた紙が渡された。見ると、八文字で「一人二人、有心無心」と書いてある。二人は文章を書き上げて殿上に差し出した。宋公の文の中には、

心有りて善を為《な》せるは善と雖《いえど》も賞せず
心無《な》くして悪を為せるは悪と雖も罰せず

と書いてあった。神々はたいそう褒めあい、宋公を呼び出して伝えた。

「河南省に一つ城隍神の欠員がある。そなたはその職にふさわしい」

宋公は初めて、事の意味がわかり、深々と頭を下げて泣きながら答えた。

「ご命令に背くことはいたしませんが、年取った七十歳の母がおり、わたしのほかに養える人がおりません。どうか母の天寿が尽きてからご採用くださいますように」

上手にいた帝王の姿をした神が、母の寿命を記した帳簿を調べるように命じた。長い髭《ひげ》の役人が帳簿を捧《ささ》げもってめくり、答えた。

「命はあと九年でございます」

神々はどうしたらよいかと逡巡《しゅんじゅん》していると、関帝が、

「さしつかえないでしょう。張生《ちょうせい》に代理を九年間命じ、そのあとで交替させればよいので

す」

と言い、宋公にこう伝えた。

「ただちに赴任させるべきであるが、そなたの親孝行を考慮して、九年間の休暇を与えよう。その時が来たら呼び出すであろう」

そして秀才に何か激励の言葉を与えた。

二人はお辞儀をして共に下がったが、秀才は宋公の手を握って町外れまで見送り、

「自分は長山県《ちようざん》（山東省）の張某《なにがし》である」

と名乗り、別離の詩を贈ってくれた。詩のすべての文句は覚えていないが、中に次のような句があった。

花有り酒有り春常に在り
月無く灯《ひ》無く夜自《おのず》ら明るし

宋公はこうして馬に乗り、張と別れて帰ったが、故郷に着いたらはっと夢から醒めたようになった。実際には、そのときは宋公が死んでからすでに三日が経過しており、母親が棺の中のうめき声を聞いて助け出したのである。半日が経つと、宋公はようやく言葉を発することができるようになった。そこで長山を訪ねさせると、はたして張という者がいて、

その日に死んだということであった。

それから九年が経ち、母親は帳簿の通りに亡くなった。葬式がすむと、宋公は湯浴《ゆあ》みをしてから自分の部屋に入り、そして死んだのである。

宋公の岳父の家は城内の西門内にあった。そこに、宋公が美しく飾った馬に乗って突然現れ、多くの家来を連れて座敷に上がると、お辞儀をして出ていった。みんなは宋公が神になったとは知らないものだから、不思議に思い、あわてて田舎に問い合わせると、すでに死んだあとであった。

宋公が自分で記した小伝があったが、惜しいことに、兵乱のときになくなってしまった。以上はそのおおよそを書いたものである。

五通神（五通《ごつう》）

南方に五通の祟《たた》りがあるのは、北方に狐の祟りがあるようなものである。北方の狐は、さまざまな方法で追い払えるが、江・浙《せつ》の五通の場合は、民家に美しい女性がいると、わが物として犯してしまう。そのため父子兄弟はみな沈黙しているほかないのである。

呉（江蘇省）の質屋に邵弧《しょうこ》という者がいた。妻の閻《えん》氏はたいへん上品な女性であった。

　ある夜、一人の男が外から家に入ってきて、剣を握ってあたりを見回した。召使いの女たちがこぞって逃げ出したので、闇氏も部屋から逃げようとしたところ、男が前に立ちふさがった。

「恐れることはない。わしは五通神の四郎だ。わしはお前を可愛がってやるのであって、お前に災いを与えようというのではない」

　こう言って、闇氏の腰をかかえ、赤ん坊を抱くように軽々と寝台に置くと、腰紐《こしひも》が自然と解《ほど》けてしまう。男は戯れはじめたが、闇氏は何が何だかわからないうちに男の耐えられないほどのたくましさに、うなり苦しみ、絶え入りそうになった。四郎はそれを見て憐《あわ》れに思ったらしく、陰部を最後まで入れようとはしなかった。やがて寝台から下りると、四郎は、

「五日経ったらまた来る」

　と言い、帰ってしまった。

　弧は城門外に質店を出しているので、召使いが走って知らせに来た。弧は相手が五通だと知って、妻に何も尋ねなかった。しかし夜が明けても、疲れきって起き上がることのできない妻を見ると、たいそう恥じ、このことを人に話してはならないと固く家の者に戒めた。

　闇氏は三、四日してやっと回復したが、四郎が再び来ることを恐れていた。五日目の夜、

召使いや婆やたちは奥で休まず、みな外の建物に避けていたので、閻氏だけが灯に向かって悲しく四郎を待つはめになってしまった。

まもなく四郎がおとなしそうな二人の若者と共に家に入ってきた。四郎の召使いの少年たちが酒肴《しゅこう》を並べると、閻氏と共に小宴をはじめた。閻氏は萎縮《いしゅく》し、四郎が酒を無理に飲ませようとしても飲まなかった。閻氏はみんなに代わる代わる犯されるのではないか、もしもそうなったら命が尽きるだろうと思い、びくびくしていた。

三人はお互いに杯を勧め合い、大兄と呼んだり、三郎と呼んだりしながら、夜中になるまで酒を飲んでいる。やがて上座の二人が立ち上がり、

「今日は四郎が美人といっしょの席に招待してくれたから、今度は二郎、五郎も呼んで、酒を出し合い、お祝いをしよう」

と言って帰っていった。

四郎は閻氏の手を引いて寝所に入った。閻氏は許してほしいと哀願したが、四郎は無理に犯した。血を流して閻氏が気を失うと、四郎はようやく帰っていった。

閻氏は四郎が去ったことに気がついていたが、寝台に横たわったまま恥と憤怒に耐え切れず、自殺しようと思い立った。だが、帯を輪にして梁《はり》に投げかけると、帯は自然と切れてしまった。何度試みても同じなので、どうしても死ぬことができなかった。

幸いなことに、四郎はいつも来るというわけではなく、閻氏の体が治った頃にやってき

た。

こうして二、三か月が過ぎていった。そのあいだ、邵一家は悲惨な思いで暮らしていた。

一方、会稽《かいけい》（浙江省紹興市）の万《ばん》という秀才は、邵弧の従兄弟《いとこ》で、弓の名人で勇猛果敢な人であった。ある夕暮れ方、邵弧の家を訪れた。客間に家の者が集まっているので、邵弧は万を案内して奥庭の離れに宿泊させた。ところが万はいつまでたっても眠ることができない。そのとき、誰かが庭の中を歩いているようなので、隠れて窓から様子をうかがっていると、一人の男が兄嫁の部屋へ入っていくのが見えた。怪しんで刀を手に取り、ひそかに部屋の中をのぞいてみると、男は閻氏と肩を並べており、卓の上には酒肴が並べられている。怒りが火のように燃え上がった万は、部屋に突入した。男は驚いて立ち上がり、あわてて剣を捜す間もなく、万の刀は頭にあたり、頭が裂けて男は倒れた。よくよく見ると、驢馬《ろば》くらいの大きさの子馬であった。

驚いて、閻氏にわけを訊《き》くと、閻氏はくわしく話したのち、

「仲間の神たちがもうすぐ来ます。どうしましょう」

と相談した。万は手を振って、

「声を出さないように」

と言い、灯を消して暗闇の中で弓矢を用意した。まもなく四、五人の者が空から飛び降りてきたので、万が即座に矢を射ると、前にいた者がばたりと倒れた。あとの三人は猛《たけ》り

狂って剣を抜き、矢を射た者を捜している。万が刀を握って扉のうしろに寄りかかり動かないでいると、一人が入ってきたので、首を斬って倒した。万はそのまま扉のうしろに寄りかかっていたが、しばらくしても物音がしないので、外に出て事の次第を邵弧に告げた。

邵弧は驚いて灯をつけ、万といっしょに現場に行ってみたところ、一頭の馬と二匹の豚が部屋の中で死んでいた。一家は喜び合ったが、まだ残っている二つのやつが仕返しをしに来るのを恐れ、万を家に留め、豚を焼き、馬を煮てもてなした。それは普通の料理とは異なり、格別な味わいがあった。

それからというもの、万の名前はたいそうもてはやされた。万は一か月余り邵弧のもとにいたが、別にこれという変なことも起きなかったので、いとまごいをしようとすると、材木商の某が、自分のところにきてくれないかとしきりに頼んでくる。

某にはまだ嫁にいっていない娘がいた。ある日、二十歳余りの美丈夫の五通が突然空から降りてきて、娘を妻にするのだといって結納金百両を置き、結婚の日取りを決めて帰っていった。数えてみると、その日はもうまもなくのことになっていた。そのため家中でうろたえていたのだが、万のうわさを聞いて、熱心に頼み、自分の家に来てもらうことにしたのであった。

だが、万が断るのを心配して事情を隠し、ご馳走《ちそう》をふるまったあと、盛装した娘に万を拝させた。十六、七歳の美しい娘である。万は怪しんだが事情がわからず、席を離れて身をかがめて返礼しようとするのを、某はそれをとどめて席に座らせ、事の次第を話した。万は事情を聞いて驚いたが、熱血漢であったから、その依頼を快く引き受けた。

やがてその日になった。某は婚礼の飾りを門にかけて、万を部屋の中にすわらせておいた。日が暮れても五通の若者が来ないので、その新郎は、邵弧の家で万に殺された中の一人だったのだろうと、ひそかに喜んでいた。ところが、まもなく軒から鳥のようにひらりと盛装した若者が入ってきた。若者は万を見ると、身をひるがえして走り出ようとする。万が追って出ると、若者は黒気に包まれて飛び立とうとした。万は刀をもって身を躍らせ、勢いをつけて若者の片方の足を斬り落とした。すると、少年は大きく吠《ほ》えて飛び去ってしまった。

下を見ると、手のような太さの大きな爪が落ちていたが、それが何かわからなかった。そこで、血のあとをつけていくと、江の中にいく。某はとても喜び、万に妻がいないことを聞くと、その晩ただちに用意のしてあった寝間で、娘と婚礼をさせた。

それまで五通に悩まされていた人たちは、万を招待して自分の家に一泊してもらったので、万は一年余りもその地に滞在して、それから妻を連れて家に帰った。それからあとも、呉には五通のうち一通だけ残っていたが、公然と害をなすことはなかったという。

蛙との結婚（青蛙神《せいあしん》）

揚子江（長江）と漢江（清水）の間では蛙神をたいそう崇《あが》めていた。その地の祠《ほこら》にはたくさんの蛙が棲息《せいそく》していて、中には籠《かご》のように大きなものもいた。もしこの神の怒りにふれると、その家には必ず怪しい前兆があり、蛙が机や腰掛の上に群がり遊びはじめる。はなはだしい蛙になると、滑らかな壁を落ちずにはいまわった。その様子はさまざまだが、こうしたことがあると、その家は災いに遭っているので、家の者はたいそう恐れ、いけにえを殺して祈るのであった。それで神が喜べば、災いは終わることになる。

楚《そ》（湖南省）に薛崑生《せっこんせい》という少年がいた。幼いときから賢く、容貌《ようぼう》の整った子であった。六、七歳の頃、蛙神の使者だという黒い服を着たお婆さんが家に訪ねてきて、神意を伝えた。神が娘を薛崑生に嫁がせたいというのである。崑の父親は朴訥《ぼくとつ》な性質で、とても嫌だと思ったので、息子が幼いことを理由に断った。とはいえ、断った一方で、他の家と婚姻することもなかった。

数年が経過した。崑がしだいに成長したので、姜《きょう》氏と結納を取り交わした。すると、蛙神から姜氏に、

「薛崑生はわしの婿である。わたしの占有物に接近してはならぬ」

と告げてきた。姜氏は蛙神を恐れて結納を返してきたので、父の薛翁は心配して祠へ行っていけにえを供え、

「わたしは神様と縁組などいたしませぬ」

と言って祈った。すると酒や肴《さかな》の中には大きな蛆虫《うじむし》がわき出てうごめいている。薛翁は酒や肴を捨てて謝罪して帰ったものの、心の中では蛙神をたいそう恐れ、その後は、ともあれ神の言うことを聞くしかないと考えていた。

ある日のこと、崑が道を歩いていると、神の使者が来て、神の命令を伝えると言う。そしてむりやり連れてゆこうとするので、やむなく付いていくと、ある朱色の門に入っていく。そこには華麗な楼閣があり、翁《おきな》が一人、堂上に座っていた。その人は七、八十歳くらいに見える。崑が平伏して挨拶《あいさつ》すると、翁は左右の者に命じて崑を引き起こさせ、卓のそばに座らせた。

しばらくすると、召使いや老女が、がさがさとそばに寄ってきて崑を見た。翁は彼らを振り向くと、命じた。

「奥へ行き、薛さんがおいでになったと言ってこい」

数人の召使いが走ってゆき、やがて一人の老女が娘を連れてきた。年の頃は十六、七歳で、その美しさは比類のないものであった。翁は娘を指差し、崑に伝えた。

「この者は娘の十娘《じゆうじよう》で、そなたとはよい夫婦になると思うが、そなたの父上からは異類だ

ということで断られた。だが、これは百年の大事であり、父母はただその半分を支配しているにすぎぬ。これが決まるかどうかは、そなたの考えしだいじゃ」

崑は十娘を見て、心の中では好意を抱いたが、沈黙して答えなかった。すると、老女が、

「わたしは、あなたが十娘をいいと思っていることはよく存じております。どうぞ先にお帰りください。すぐに十娘を送ってゆきますから」

と言うので、崑は家に走り帰って父親に話した。

父親は突然のことで、どうしたらよいものか策がなかった。それで崑に戻って断ってくるように命じた。しかし、崑が行くことを承知しない。あれこれと言い合いをしているところに、十娘の車が門に着いて腰元たちが群れ集まり、十娘は奥の間に入って崑の父母に挨拶をした。父母は十娘の美しい姿を見て喜び、ただちにその夕べに婚礼を挙げた。二人の夫婦仲はとてもよかった。

それからというもの、十娘の父母である神翁夫婦が時々崑の家にやってきた。その神の衣が赤ければお祝いごと、白ければ財運のことで訪れたのである。いずれも必ず霊験があるので、崑の家は日ごとに繁栄していった。

青蛙神と縁組してから、薛の家は門、垣、便所すべてが蛙だらけであった。誰も蛙をののしったり、蹴《け》ったりすることはなかったが、崑だけは少年の気ままさから、楽しい気分になったときなど蛙の恩を忘れてしまい、怒ると踏み殺して、いささかもいたわらなかっ

た。

十娘は素直であったが、一方で怒りっぽい性質をもっていた。十娘は崑の行動を責め、崑の方でも十娘に遠慮しなかった。十娘が崑をやりこめると、崑は怒って、こう口にする。

「お前のところの爺さんや婆さんが、人に災いを与えることなぞできるものか。男がどうして蛙などを恐れることがあるか」

十娘は、蛙といわれることをとても嫌がっていたので、その言葉を聞くと、ひどく怒った。

「わたしが来てからというもの、あなたの家の田の米が増え、それが高価に売れたのは、少しのことではないじゃないの。だからいまは年寄りも子どもも暖かい衣を着ていられるし、飽きるほど食べることができるのじゃありませんか。とどのつまり、雛鳥《ひな》に羽がはえると母鳥の目をついばむようなことをするのですか」

崑はますます怒った。

「俺は汚らしいものを増やしたことが嫌なのだ。子どもたちに残すのは耐えられない。さっさと別れてくれ」

と言って、とうとう十娘を追い出してしまった。崑の父母がそのことを知ったのは、十娘が出ていってしまったあとである。父母は崑を叱り、急いで十娘を追いかけ、連れ帰らせようとしたけれど、崑は腹を立てたまま連れ戻しに行こうとはしなかった。

夜になると、母と崑は共に病気になり、胸が苦しくて食事が喉《のど》を通らなくなった。父は怖れて祠へ行って、神に祈り、言葉を尽くして謝罪した。三日経つと、母と崑の病気が治り、十娘も自分から戻ってきて、夫婦は最初のときのように仲良く暮らすようになった。

だが、十娘は衣装をこらして座っているだけで、少しも家事をしなかった。そのため、崑の着物や履き物のことは、すべて母親まかせであった。ある日、母は怒ってこう言った。

「息子は嫁をもらったというのに、前と同じように母親に世話をさせるのだね。よそでは嫁が姑《しゆうとめ》に仕えるというのに、わたしのとこでは姑が嫁に仕えるのだ！」

十娘はこれを聞いてむっとして、奥へ行き、言葉を返した。

「わたしは朝、お食事のときにはそばにかしずいており、夜にお休みになるときにはおうかがいを立てております。姑に仕えるといっても、いったいどうすればいいのですか。人手が足りないのは、人を雇う賃金を惜しんでいるからで、自分が苦労をするだけではありませんか」

母は沈黙したまま、恥じしおれて泣き出してしまった。そこに崑が入ってきて、母親の涙のわけを訊く。崑は怒って十娘を叱り立てたが、十娘も激しく言い返して折れようとはしなかった。

崑は、

「妻を娶《めと》っても親から喜ばれないのじゃ、いない方がましだ。年取った蛙の怒りにふれたって、災いが訪れて死ぬだけのことじゃないか」

と言って、十娘をまた追い出してしまった。十娘は門を出ると、すぐに行ってしまった。

翌日、居屋から火が出て幾棟かを延焼した。机、寝台などがことごとく灰になってしまったので、崑は怒り、祠へ行くと責め立てた。

「娘を育てたものの、その娘が舅《しゅうと》、姑に仕えることができないのは、家庭のしつけができていないからだ。それなのに、娘のふつつかなのをかばうとは何事でありますか。神というものはいたって公平であるはずなのに、人に妻を恐れるようにさせることがありますか。喧嘩《けんか》になったのはすべてわたしのせいで、親とは無関係なことです。わたしの体を突くなり斬るなりすればよい。そうでなければ、わたしもあなたの居屋を焼いて、いささか仕返しをすることにします」

言い終えると、崑は薪をもってきて祠の下に火をつけようとしたが、土地の人が集まって哀願するので、しかたなく崑は怒りを抱いたまま帰ってきた。父母はそのことを聞いて、いたく恐れ、真っ青になっていた。

夜になると、青蛙神が近くの村の者の夢枕に立ち、婿のために家を造るようにと言いつけた。村の者たちは夜が明けるとともに材料を持ってきて、崑のために家を建築しはじめた。崑は断ったけれど、人々は聞かない。毎日、数百人の者が道にあふれるというありさまで、幾日も経たないうちに屋敷が新しくできあがった。寝台、幕、器具などすべて調っている。掃除がすむと十娘が出てきて、奥へ行くとおだやかな言葉で謝罪し、崑に向かってほほえんだ。家中で怨《うら》みが喜びに変わったのであった。

それからというもの、十娘の性質はいっそうおだやかになり、二年のあいだ平穏な日々が過ぎた。

ところで、十娘は蛇がとても嫌いであった。そのことを知っていた崑は、あるとき、戯れて蛇を箱の中に入れ、十娘をだまして開けさせた。十娘は顔色を変えて崑をののしった。すると崑の方も笑いが転じて怒りとなり、互いに悪口を言い合うことになった。十娘は、

「今度は追い出されるまで待つことはしません。これで絶縁します」

と言い、とうとう門を出ていってしまった。薛の父親はたいへん怒って崑を杖《つえ》で打ち、神様に謝罪したが、幸いなことに災いは来なかった。しかし、それっきり何の音沙汰《おとさた》もなくなった。

一年余りが経った。崑は十娘のことを思って激しく後悔するようになり、ひそかに蛙神様のところへ行き、

「十娘を返してください」

と哀願したが返事はなかった。

それからまもなくして、崑は蛙神様が十娘を袁《えん》氏の妻にすると聞き、ひどく落胆し、他家に縁談をもちかけて何軒も見てまわったけれど、十娘のような者はいなかった。ますま

す十娘のことが忘れられず、袁氏のところを探りに行くと、壁を白く塗り、庭をきれいにし、花嫁の車が到着するのを待ちかまえている様子である。崑は自分が恥ずかしくもあり、憤りもし、それからというもの、食事ができずに崑は病気になってしまった。

父親は心配するばかりで、どうしてよいものかわからなかった。

崑がぼんやりしていると、誰かが崑をなでながら声をかけた。

「あなたがわたしとたえず縁を切ろうとしながら、こういうことになるなんて……」

目を開けてみると、十娘であった。

「お前、どうして来たのだ」

と訊《き》くと、十娘は答えた。

「軽薄な人がするような扱いをするから、父の言う通り、他家へ嫁入りすることにして、あなたと離婚して家に帰りました。そして袁さんのところから結納を受けて久しくなりましたけれど、わたしは、どうしてもお嫁に行くことができません。嫁入りの日は今日になりました。父はいまさら結納を返す顔がありませんから、わたしが自分で返してきたのです。そしてこちらに来るつもりで、家の門を出ようとしますと、父が走って送ってきて、『馬鹿者！　わしの言うことを聞かぬと、あとで薛の家からひどいことをされるぞ。死んでももう帰ってくるな！』と言っておりました」

崑は十娘の愛情に涙を流した。家の者はみんな喜び、走っていって父母にこのことを知らせた。母はそのことを聞くと、十娘が挨拶《あいさつ》に来るのも待たず、息子の部屋に走り込み、十娘の手を取って泣くのであった。

それからは崑も大人びて悪戯《いたずら》をしなくなった。二人の仲はますますよくなった。やがて、十娘は、話した。

「わたし、以前はあなたが薄情で、最後までいっしょにいることはできないと思っていたので、子をこの世に残さなかったのです。しかし、もうそういうことはありませんから、子どもを産むことにします」

まもなく青蛙神が朱の袍《うわぎ》を着て崑の家にやって来た。次の日、十娘はお産の床について双子を産み、それからというものは神様との往き来が絶えなかった。そのようなありさまであったから、土地の者は神の怒りにふれると、まず崑に許しを求め、女たちに盛装をさせて十娘に挨拶させた。十娘がほほえむと、神の怒りも解けるのであった。

薛氏の子孫はたいそう繁栄した。人々は薛蛙子《せつあし》の家と名づけたが、近くの者はそう呼ばず、遠くの者がそのように呼んだのだという。

妖怪の怪

泥の妖怪（泥書生《でいしょせい》）

羅村《らそん》に陳代《ちんだい》という者がいた。幼いときから愚鈍で、特に目立つところのない子どもであった。やがて、妻に某氏を娶《めと》ることになった。だが、その女はなかなか美しく、夫が人並みでないことを悩んでいた。とはいっても、貞操堅固な性質をもっていたので、姑《しゅうとめ》と嫁のあいだはうまくいっていた。

ある夜、某氏が一人で寝ていると、風が吹いて扉が開く音が聞こえ、一人の書生が部屋に入ってきた。そのまま服を脱いで同衾《どうきん》しようとするので、女は驚き、おびえて、精一杯こばんだが、突然、力が入らなくなり、どうにもなす術《すべ》がなくなった。

一か月余り経つと、女はひどくやつれてしまった。母が不思議に思ってわけを尋ねたが、初めのうちは恥ずかしく思い、わけを話そうとはしなかった。しかし、きびしく母に問われたので、ようやく事情を話した。驚いた母は、こう告げた。

「それは化け物にちがいない」

そこであらゆる呪《まじな》いを試みたものの、どうしても書生の来訪を止められなかった。

考えた末に、夫の陳代に棒を持たせ、部屋の中に隠れさせて書生が来るのを待たせることにした。

ある夜、案の定、書生がまた訪れてきた。そして、かぶりものを卓の上に置き、上着を脱ぐと衣紋《えもん》掛けに掛けたが、急に驚いて、

「あっ、見知らぬ気配がする！」

と言うと、あわてて再び衣を身に着けた。

暗闇の中で突如立ち上がった陳代は、書生の腰のあたりを棒でなぐりつけた。ゴツンという音がしたものの、陳代が周囲を見回したときには、すでに書生の姿は消えていた。たいまつの灯《あか》りで見てみると、泥で造った衣のかけらが床に落ちている。卓には泥のかぶりものがそのまま置いてあったという。

獣首人身の妖怪（駆怪《くかい》）

長山《ちょうざん》（山東省）の徐遠《じょえん》公は、かつて明朝時代の書生であった。だが、時代が代わってからは儒学を捨てて道士を訪ね、呪術《じゅじゅつ》を少し学ぶと、遠近の人に相当名を知られるようになった。

ある県の大家《たいけ》が、謝礼の金を添えて丁寧な手紙を寄こし、徐を馬で迎えに来た。徐が、

「どのような要件で、わたしをお呼びになるのですか」

と尋ねると、使者は、存じませんと述べてから答えた。

「わたしはただ、どうしてもお連れするように、と言いつかって参ったのでございます」

それで徐は付いていくことになったが、大家の屋敷に到着すると、さっそく中庭で宴会を開き、とても丁重なもてなしをしてくれる。しかし、なぜ自分を呼びに来たのか、その理由は言い出さなかった。徐はたまりかねて、問うた。

「じつのところ、いったい何をしてほしいとおっしゃるのですか。どうか要件をおっしゃってください」

「いや、別に何もないのです」

主人はこう応じて、ただ酒を勧めるだけであった。しかも、言うことはまるで支離滅裂で、まったく要領を得ない。

話をしているうちに、いつのまにか日が暮れはじめた。すると、主人は徐を庭に誘い、そこで酒を飲むことになった。庭はたいそう見事にできていたが、竹や樹木が生い茂っていて、花などは雑草の中に埋もれていた。

やがて一棟の閣《たかどの》に来た。天井には大小、数えきれないほどの蜘蛛《くも》の巣がかかっている。酒を何度かさしつさされつしているうちに、さらに日が暮れていった。主人は灯りをつけさせ、なおもここで飲もうとした。だが、徐が、

「もう飲めません」
と言って辞退すると、主人も酒をやめて、茶を持ってくるように命じた。召使いの男たちがそそくさと食器を片付け、閣の左側の部屋の卓の上に置いた。茶をまだ半分も飲み終わらないうちに、主人は用事があると言って、他の場所へ去っていった。すると、召使いの男が灯りを持って徐を案内し、左側の部屋に泊めるという。灯りを卓の上に置くと、そのまますぐに引き返してしまった。何だかひどくそそくさとした様子であった。徐はたぶん寝具を持ってきて、伴《つれ》になるのだろうと思っていた。しかし、いつまで経っても人の声がしないので、自分で立っていって部屋の扉を閉め、寝ることにした。

窓からは、明るい月が部屋に差し込んでいて、寝台を照らしていた。夜鳥の声や秋の虫の音が一時に響きわたる。徐は心が満たされず、寝つけなかった。しばらくすると、床板をミシミシと激しく踏む音が聞こえてきた。すると、その音はそのまま梯子《はしご》を降りて、徐が寝ている部屋に近づいてくる。

驚いた徐は、恐怖で髪の毛が逆立ってしまい、急いで布団をかぶった。その瞬間、部屋の扉が開いた。恐る恐る徐が、布団の隅からそっとのぞいてみると、獣の首に人の身《からだ》で、馬のたてがみのような長さの黒い毛が全身にはえ、牙《きば》は群峰《ぐんぽう》のように鋭く光っている妖怪がいる。二つの目はたいまつのように輝き、卓のところに来て、うつぶせになり、器の中の料理の残り物をなめだした。あっというまにいくつかの器をペロリと洗い清めたように片付けてしまう。やがて、寝台の近くにやってくると、徐の布団を嗅《か》ぎはじめた。

徐は突然、立ち上がると、布団をひっくり返して妖怪の頭を包んで押さえつけ、狂ったように喚《わめ》き叫んだ。妖怪は不意をくらって驚きあわてた様子で、布団をどけると、部屋の扉を開けて逃げ出した。徐も着物を体にかけると、部屋から逃げ出す。庭に出てみると、部屋の門が外から閉められていて、外へ出ることができないようになっていた。やむなく塀に沿って走り出したところ、低い垣があり、どうにか飛び越えることができた。飛び降りた場所は主人の厩《うまや》であった。徐は、何ごとが起こったのかと、たいそう驚いている番人に事情を話してそこに泊めてもらった。

朝になると、主人は徐の様子を見に行かせた。ところが徐の姿が見えなくなっているので、ひどく驚いたものの、やがて厩にいるのを見つけ、ようやく安心したのであった。

徐は厩から出てくると、主人を激しく恨んで抗議した。

「わたしは、妖怪を祓《はら》う術にはまだ慣れていないのだ。それなのに、あなたはわたしを化け物の棲《すみか》に押しやったうえ、隠して何も話さなかった。あまりといえばあまりなことではないか。わたしは嚢《ふくろ》の中に如意棒を持っているが、それさえもわたしが寝ている場所へ届けないのは、わたしを殺すようなものではありませんか」

主人は謝罪するしかなかった。

「お話ししようかと思ったのですが、あなたが嫌な顔をなさると思いましたので……。嚢の中に如意棒が入っていることは知らなかったのです。どうかお許しください」

徐は不愉快な気持ちのままに、馬を借りて家に帰っていった。

その後は妖怪が出なくなったので、主人は庭で宴会を開くたびに、笑いながら、客に向かって語ったという。

「わたしは、徐さんの手柄を忘れませんよ」

醜い女の妖怪（廟鬼《びようき》）

新城《しんじよう》（山東省）の王啓後《おうけいこう》は、方伯《ほうはく》（布政使）中宇《ちゆうう》公象坤《しようこん》の曾孫《そうそん》である。

あるとき、一人の女が王の部屋にひょいと入ってきた。その女は太っていて、色黒の醜い顔をしている。笑いながらそばに近寄ってきた女は、寝台に腰をおろした。その態度がひどく卑猥《ひわい》な様子でいやらしかったので、王は拒否したが、女は何としても帰っていかない。

それからというもの、王は座っていても、寝ていても、たえずその女が見えるようになった。だが、王の意志は堅固で、どうであっても動かされることはなかったので、女はしまいに怒って、王の頬をひどくなぐりつけた。だが、それほど痛いというわけではなかった。

それから、女は帯をほどいて梁《はり》に掛け、王をそこへ連れていっていっしょに首をくくろうとした。王は無意識のうちに梁の下まで歩いていき、首を伸ばしてくびられるようなかっこうをする。人がその姿を見ると、王の足は地についておらず、空中にぶらさがっているのに、死ぬことはなかった。

それ以来王は発狂し、突然、

「あの女は、わたしといっしょに河に身を投げようとしている！」

と言って、河に向かって狂ったように走り出したりするが、引き留めると、やめてしまう。そうしたことを、毎日たびたびするので、呪《まじな》いをほどこしたり、薬を飲ませたりしたものの、まったく効果はなかった。

ある日、武士が突然、鎖をもって家に入ってきた。そして、女に向かって、

「お前は真面目な人間をどうしていたぶるのか！」

と怒鳴りつけ、その首を縛って、欞《れんじ》のあいだから出ていった。

窓の外に出ると、女はすでに人間の姿を失っていて、眼は稲妻のようにギラギラと光り、口は盆のようで真っ赤であった。その顔は、城隍廟《うぶすなびょう》の門の中に四つある泥で作った鬼の一つによく似ていた。

それからは、王の病気はどこへ行ったものやら、すっかり治ってしまったという。

衢州の妖怪（衢州三怪《くしゆうさんかい》）

従軍して衢州に行った張握仲《ちようあくちゆう》が語ったことである。

衢州では夜が更《ふ》けて静かになると、人は外を歩かなくなる。鐘楼の上に、角が一本ある恐ろしい姿の鬼がいて、人が歩く足音を聞くと、鐘楼から降りてくるからであった。人が逃げ出すと、鬼は去っていってしまうが、その鬼の顔を見た者の多くは、たちまち病気になって死んでしまうという。

また、城中のある池の中から、夜になると一疋《ぴき》の白い布が出てきて、白い帯が地面に横たわったような形になっている。通りかかった者がその布を拾うと、たちまちぐるぐる巻きにされて池の中に引きずりこまれてしまう。

また、家鴨《あひる》の鬼も現れる。夜が更けて、池のあたりが静まっていて、あたりに何もないのに家鴨の鳴き声がする。その声を聞いた者は、たちまち病気になってしまうという。

死骸《しがい》を食う妖怪（野狗《やく》）

于七《うしち》の乱では、清の兵隊たちはまるで麻を刈るように人を殺した。この乱は、順治十八年（一六六一）、清に対して山東省の于七が再び起こした反乱をいう。

この乱のさなか、李花龍《りかりゅう》という農民が、山の中から逃げ帰る途中、進軍してくる官軍の大部隊と出会ってしまう。なで斬りにされることを恐れて、何とかしたいと考えたものの、かといって突然のことで隠れる場所もない。しかたなく、死人の群れの中に転がって、死んだふりをしていた。

やがて兵隊たちはみんな去ってしまったが、李はすぐには起き上がらず、しばらくのあいだそのままの姿で様子を見ていた。すると、頭のない死骸や腕を斬られた死骸が林のように立ち上がってくる。首を斬られたものの、まだ背中にくっついている死骸が、口の中で言った。

「野狗（人犬）が来た、どうしよう」

「どうしよう」

と、多くの死骸もそれぞれ応えている。

やがて、死骸は突然バタバタと倒れて、静かになってしまう。

李がふるえながら立ち上がろうとすると、獣の首に人間の体をした妖怪がやって来た。その妖怪はかがんで死骸の頭を食いはじめ、脳味噌《のうみそ》まで食べていく。

恐怖にかられた李は、死骸の下に頭を隠していた。やがて、その妖怪は李のそばに近づき、李の肩をつかんで、李の頭を取ろうとする。李は取らせてなるものかと、力の限り頑張ってうつぶせになっていた。すると、その妖怪は頭を隠している死骸を押しのけたので、李の頭が外に出てしまう。李はものすごい恐怖を感じ、腰のあたりを手でさぐったところ、うまいことに椀《わん》ぐらいの大きな石があり、それをつかんで握りしめた。

さらに妖怪は身をかがめて、李の頭を食おうとする。李は、突然、立ち上がると、大声でわめきながら、妖怪の頭を石で激しく打ったところ、その口に当たった。妖怪は梟《ふくろう》のように吠《ほ》えると、口を押さえ、負傷したまま逃げ去った。

妖怪が道に血を吐いていったので、よく見てみると、血溜《ちだま》りの中に二本の歯が落ちている。真ん中が曲がっていて両端が鋭く、長さは四寸余りもあった。懐《ふところ》に入れて持って帰り、人に見せたものの、それがどういう物であるのか、誰もわからなかったという。

狐の怪

狐と媚薬《びやく》（狐懲淫《こちょういん》）

某が新しく購入した邸《やしき》では、狐がいつもいたずらをしていた。そのため、着物の大半は破られ、時には食べ物の中に塵《ちり》などを入れられるというありさまであった。

ある日のこと、某のところに友人が訪ねてきた。某はよそへ行っていて、日暮れになっても帰ってこなかったので、某の妻は夕飯を作って客に出し、自分は召使いの女といっしょに残り物を食べていた。

某はもともと淫《みだ》らなことが好きで、媚薬を集めてもっていた。その薬を狐がいつのまにか粥《かゆ》の中に入れていた。そんなことを知らない妻は食べながら、何か薬の匂いがするので、召使いに問いただしてみたが、召使いの者は知らないと答えた。

夕食を食べてしまうと、妻は欲情の焔《ほむら》が体の中から燃え上がるような感じがして、我慢ができなくなった。強いて抑えていたものの、ますます焔は燃え上がってくる。家の中には自分から誘うような者はおらず、いるのは客だけである。ついに客のいる書斎へ行き、戸を叩《たた》いた。客は中から、

「誰ですか？」

と問う。妻は正直に、

「わたしです」

と答えた。さらに客は尋ねた。

「何の用ですか？」

妻は問いに答えないでいた。客は妻の言いたいことが何か悟り、断った。

「わたしとあなたのご主人とは道義にもとづいた交流をしております。そのようなことはできません」

それでもまだ妻がぐずぐずとしているので、客は叱りつけた。

「某さんの優れた文章も品行も、あなたのためにひどいことになってしまう」

そして窓越しに唾《つば》を吐きかけた。

妻はたいそう恥じて帰ってきた。そして、〈自分はどうしてこんなに情けないことをしたんだろう〉と考えた。そのとき、はっと思いついたのは、茶碗《ちゃわん》の中に薬の匂いがしたことである。〈ひょっとしたら、あれは媚薬だったのではないか〉そう気がついた妻は、薬包みを調べてみた。案の定、棚がめちゃめちゃになっており、お椀《わん》や杯の中には媚薬が入っている。妻は冷たい水を飲むと治ることを知っていたので、急いで飲んだ。しばらくすると、気分がさわやかになって正常な状態になり、何とも恥ずかしい気持ちがしてきた。何度も寝返りを打ち、長い間苦しんでいるうちに、夜が明けてきた。夜が明けたら人に合わせる顔がないと思い、帯を解いて縊死《いし》しようとした。召使いの女が気がついたときには、すでに息が切れかかっていたが、手当てをしたところ、午前八時頃になって、息を吹き返した。客は夜のうちに逃げ出してしまっていた。

某は午後になって家に帰ってきた。妻が寝ているのを見て、

「どうしたのだ」

と訊いても、妻は何にも答えずに涙を流すばかりである。召使いが様子を話したので、とても驚き、しつこく事情を訊いた。召使いの女を部屋から出してから、妻は本当のことを話しはじめた。それを聞いた某は溜息をつきながら言った。

「これはわたしのふしだらさの報いなのだ。お前には何の罪もないことだ。だが、幸いに良い友だちでよかった。そうでなかったら、すんでのところで人でなしになるところだった」

それからというもの、某はこれまでの行いを改めた。すると狐もまた来ないようになったという。

狐の嫁女（狐嫁女《こかじょ》）

歴城県《れきじょう》（山東省）在住の殷《いん》天官（『周礼《しゅらい》』の六官の一）は、若いとき貧しかったが、胆力が据わり、知略のある人であった。町には、広さが数十畝《ぼう》（一畝は六・一アール）もある高い建物が、軒を並べていた。ところが、そこはいつも怪異現象があるというので、住む人がいなくなってしまった。やがて、雑草が生い茂り、昼日中でも入ってゆく者はいなくなった。

殷公が友人たちと飲んでいたとき、ある者が戯れて、

「誰か、あの屋敷に一晩宿泊することのできる者がいたら、みんなで金を出しあって一席もうけよう」

と提案した。公は躍り上がって、

「そんなこと、何の難しいことがあろう」

と、筵《むしろ》を一枚かかえて出ていった。

みんなは屋敷の門まで見送り、ふざけた調子で、声をかけた。

「わしたちは、しばらくここにいることにする。何か起きたら、すぐに呼んでくれよ」

公は笑いながら、

「幽霊でも狐でも、いたら捕まえて証拠にするだけさ」

と応じると、屋敷の中へ入っていった。

屋敷内を見ると、丈《たけ》の高い菅《すげ》が道をおおい、蓬《よもぎ》が麻のように繁っていた。おりしも上弦

の月の頃で、新月のおぼろな光を頼りに、わずかに見える門や戸を手さぐりで進んだ。いくつかの建物のあいだをなんとか通り過ぎて、奥の楼にたどり着くことができた。露台に登ってみると、月の光が射して美しい光景が広がり、気持ちがよく、そこで一夜を明かすことにした。

西の方を見ると、月明りに山が一筋見えるだけである。座したまま長い時間が経過した。だが、まったく異変は起こらない。人の噂話などいいかげんなものだと、一人で苦笑いをしてしまう。地面に筵を敷いて、石を枕にして横たわり、牽牛織女《けんぎゅうしょくじょ》の星々を見ているうちに、いい気持ちになって眠りかけた。そのとき、楼の下で靴音がして、誰かが階段を上がってくる気配がする。眠ったふりをしてじっと見ていると、一人の青衣《せいい》の召使いが蓮《はす》の花をかたどった灯をかかげてきた。その人間は、公を見て驚いて退き、後ろの人間に、

「知らない人がおります」

と声をかけた。下にいた者が、

「誰だ」

と問うと、

「知りません」

と答えている。ひとりの老翁が上がってきて、まじまじと公を見つめ、

「これは殷尚書じゃ。よく眠っておられるご様子。われらの用を進めても、公はくったく

のないお人じゃから、お叱りにはなるまいて」

と言うと、召使いを連れて楼の中へ入っていった。

楼の戸がすべて開いた。しばらくすると、往来の者はますます多くなっていく。楼上の灯は光輝き、まるで昼間のようであった。公はちょっと寝返りを打ち、咳払いをしてしまう。これを聞いた翁は、公が目覚めたことを知り、ひざまずいて、話しかけた。

「わたしの娘が今夜嫁入りをいたします。思いがけずお休みになっているところをお邪魔いたしました。どうかお許しください」

公は起き上がり、翁を引き起こして言った。

「今夜、おめでたいことがあるとも知らず、お祝いも持参いたしませんでした」

「あなたのような貴人においでいただき、災難を除くことができました。もしもご列席いただけましたら、ますますありがたいことですが……」

翁がこのように答えると、公は喜んで出席することを承諾した。

楼に入ってみると、きれいに婚礼の飾り付けができていた。

やがて婦人が出てきて、公に挨拶《あいさつ》をした。年齢は四十歳余りであろうか。

「これはわたしの家内です」

公もこれに対してお辞儀をした。にわかに音楽がにぎやかに聞こえてくる。楼を上がってきた者が告げた。

「来ました」

翁は走っていき、公はまた立って待っていた。

しばらくして絹張りの提灯《ちょうちん》を持った人たちが新郎を導いて入ってきた。年の頃は十七、八歳であろうか。優れた容貌《ようぼう》をしている。翁はまず、貴客(公)にご挨拶をしなさいと命じた。少年は公に目礼をし、公も翁側の客としての挨拶を返した。

次いで、翁と婿は固めの礼をし、そこで席に着いた。しばらくすると、華やかに着飾った人たちが雲のように従い、酒や肴《さかな》が次々と用意される。玉の鋺《わん》や黄金の盃《さかずき》が卓上に並べられ、光が燦然《さんぜん》と映じた。盃が何杯か重ねられたとき、翁は小間使いを呼んで命じた。

「お嬢さんを連れておいで」

小間使いの女は承知して奥へ入っていったものの、しばらく出てこなかった。翁が自分で立って簾《すだれ》を上げて促すと、やがて小間使いや老婆ら数人が新婦を連れて出てきた。佩《はい》玉《ぎょく》がコロコロと鳴り、蘭麝《らんじゃ》の馥郁《ふくいく》とした香りが一面に散る。新婦は翁に命じられて上座にいる公に礼をし、それから立って母のそばに座った。そっと見ると、翡翠《ひすい》の鳳凰《ほうおう》のかんざしを髪に飾り、透き通った耳輪をつけ、華やかな姿は絶世の美女といってよかった。

やがて金の大盃《たいはい》に酒がつがれた。それは数斗も入るかというものであった。公はこの金の大盃をここに来た証《あかし》として仲間たちに見せるために持って帰ることにしようと思い、こっそりと袖の中に入れた。そのうち、酔ったふりをして卓の上に崩れかかり、寝たふりを

する。みなは、

「殿様が酔ってしまわれた」

と言った。新郎がいとまを告げて去っていく声が聞こえ、音楽が響くなか、みなそれぞれに下へ降りていった。

そのあと主人が酒器をかたづけたが、盃が一つ見つからない。あるいは寝ている客が持っているのではないかと言う者がいたが、翁は厳しく、

「そんなことを語ってはならぬ」

と戒めた。公に聞かれるのを恐れているようであった。

時が移り、内外ともに静かになった。公は初めて起き上がったが、暗くて灯《あか》りがない。ただ、脂粉の香りと酒の匂いが一面にただよっていた。

東方がすでに白んできたので、公はゆっくりと外へ出た。袖の中をさぐると、なお金の盃がある。門のところまで出てくると、仲間の書生たちが待っていた。みなは公がその夜に出ていったものの、すぐに建物の中へ戻るのではないかと疑っていたのである。公が盃を出して見せると、みなは驚いた。公は、事のありさまを話した。みなは、その盃が貧しい書生が持てるものではないと思い、その話を信じることにした。

そののち、公は進士（科挙に合格した者）に及第した。そして肥邱《ひきゆう》県（河北省）に赴任する。そこに朱《しゆ》という名家があり、公のために宴席をもうけてくれた。その席で主人が大盃

を持ってくるように命じたが、長いこと持ってこない。そのうちに召使いが何やらひそひそと主人に話している。主人の顔に怒りの色が浮かんだ。やがて金の盃が運ばれてくると、主人は客に酒を勧めて互いに飲んだ。公がその盃を見ると、形といい模様といい、あの狐の嫁入りのときの物とまったく異なるところがない。たいそう不思議に思い、どこで製造したかを尋ねてみると、こう語った。

「もともとこの盃は全部で八個あって、父が都で役人の仕事をしていたとき、良工を捜し出して造らせたものです。家宝としてずっと長い間しまっておいたのですが、県知事様がかたじけなくもお出でになるということで、たまたま箱の中から取り出してみました。ところが、七個しかないのです。おそらく家の者がひそかに取ったのだと思います。とはいえ、十年分の塵《ちり》をかぶっていたのに、まことに不可解なことです」

公は笑って言った。

「金の盃に羽が生えて天に上ったということですか。しかし、大切に守ってきた珍物を失ったということはいけません。わたしはよく似ている物を持っております。それを差し上げましょう」

宴会が終わって、役所に帰ると、公は盃を取り出して朱の家に送り届けさせた。主人はそれをよくよく見て驚き、自ら公のもとを訪れて謝辞を述べ、どこから入手したかを尋ねた。公は事の由来を語った。狐が千里も離れたところの物を自在に取ることができることに驚いたが、それを手元にいつまでも留めておくものではないことを初めて知ったのである。

女狐の怪（董生《とうせい》）

董生は、字《あざな》を遐思《かし》といって、青州府城（山東省）の西鄙《せいひ》の人である。ある冬の日の日暮れ方、董が寝台に布団を敷いて炭火をおこし、まさに灯《あか》りをつけようとしたとき、たまたま友人が酒を飲まないかと誘ってきた。そこで、戸締まりをして外出することにした。

友人のところへ行くと、そこに太素脈《たいそみゃく》によく通じている医師がいて、客の一人ひとりを診《み》ていた。最後に王九思《おうきゅうし》という人と董《とう》の脈を診て言う。

「自分は多くの人の脈を診ました。だが、このように不思議な脈を診たことはありません。お二方の脈は貴い脈でありながら賤《いや》しい兆《きざ》しがあり、長い寿命の脈でありながら短命な徴《しるし》があります。これはわたしなどが、とうていわかることではありません。それも董さんの方が実に激しいようです」

二人は驚いてどういうことか詳しく尋ねたが、医師はこう答えるだけだった。

「わたしの医術ではこれが限度なのです。これ以上は答えられません。どうかお二人はご自身で慎んでください」

二人は初めにこの話を聞いたときは非常に驚いたが、いいかげんな話だろうと思って、気にも留めなかった。

夜中になり、董は家に帰った。すると、書斎の扉の鍵《かぎ》がかかっていないことに気が付いて、ひどく疑問に思った。しかし酔っていたので、家を出るときにきっとあわてて鍵をかけるのを忘れていたのだろうと納得した。

部屋に入り、灯りをつける前に、まず、手を布団の中に入れて温かいかどうかを探った。手を入れた途端、そこに寝ている人がいるのに気が付く。たいへん驚いて手を引っ込め、急いで灯りをつけた。するとそこには仙界の女人ではないかと思われる美しい女性がいた。狂喜した董が、戯れて体の下の方を探ると、長い毛のついた尻尾《しっぽ》がある。董はひどく恐れ、逃げようとした。女はすでに目覚めていて、手を伸ばして董の腕をとらえ、

「あなた、どこへ行くの」

と尋ねる。董はますます戦慄《せんりつ》を覚え、仙人と思《おぼ》しき女性に許しを乞《こ》うた。

女は笑いながらこう言った。

「何を見て、わたしを仙人とおっしゃるのですか」

「わたしは顔を恐れているのではない。尾を恐れているのです」

「尾があるなんて、あなたは何を見間違いされたの」

女は笑ってこう言うと、菫の手を引いてまた体を探らせた。すると、太腿《ふともも》の肉は脂がのっていて、尻骨《こうこつ》のあたりには何もない。

女はまた笑った。

「いかが？　酔って朦朧《もうろう》として、何を見たのかわからないのじゃありませんか。それなのに人をそしるなんて」

このとき菫はすでにその女の美しさに夢中になっていたから、こうなるとますます惑い、かえって先ほどの勘違いを後悔していた。しかし、この女がどこからどういうことで、ここに来たのかをいぶかった。

「あなたは東隣の黄色い髪の毛の女のことを憶えておいでですか。指折り数えてみると住まいを移してからすでに十年になります。そのとき、わたしはまだ笄《こうがい》をしていなかったし、あなたは髪の毛を垂らしていた」

女がこう言うと、菫ははっと思い出して言った。

「そなたは周さんとこの阿瑣《あさ》さんか」

「そうです」

「そなたの話を聞いて、わたしもぼんやりと思い出した。もう十年も会っていなかったが、ずいぶんと美しくなった。しかし、どうしてここに来たの」

「わたしはつまらない男に嫁いで、四、五年が経ちました。舅《しゅうと》も姑《しゅうとめ》もあいついで亡くなり、また不幸にして夫にも先立たれてやもめとなって、わたし一人だけが残り、よるべのない身となってしまいました。子どものとき互いに知っていたのはあなただけなことを思い出し、敢《あ》えて訪ねてきたのです。門に入ったときは、すでに日が暮れていました。ちょうどそのときお酒を飲もうというお使いが来たものですから、わたしは隠れていて、あなたの帰りを待っていたのです。ずいぶんと待ちました。そのうちに足が冷えて鳥肌が立ってきたので、寝具の中であなたの帰りを待っていたのです。どうか疑わないでください」

菫はその言葉に喜んで、衣を脱ぐと、寝台で夜を共にし、とても満足した。

一か月余りが経過すると、菫はたいそう痩《や》せてきた。その様子を怪しんだ家の者が尋ねても、菫はどうして痩せるのか自分ではわからないと返答する。さらに時が経ち、顔がますます痩せてきたので、さすがに菫も恐ろしくなってきた。

例の、脈をよく診る医師のところへ行って診察してもらったところ、医師はこう答えた。

「これは妖脈だ。前に診たときの死の徴しが出てきたのです。この病気はなおりません」

菫はひどく泣いてしまい、帰ろうともしない。医師はやむを得ず、菫のために手に鍼《はり》を打ち、臍《へそ》に灸《きゅう》をすえ、薬を出した。そうして、

「もしも何かに遇っているのだったら、絶対にやめるように」

と告げた。菫もまた、女といることは危険だと思った。

帰ってみると、いつもと変わらず、女が笑いかけながら誘ってくる。菫は女を払いのけ

るようにして、

「わたしにまつわりつかないでくれ。わたしは死にそうなんだ」

と言い、その場から走り去って女を振り返ろうとはしなかった。

女はたいへん恥ずかしがった様子で、また怒って言った。

「あんたはまだ生きようと思ってんの」

夜になって、董は薬を飲んで一人で寝たが、眼をつむったかと思うと、女と交わった夢を見る。醒《さ》めてみると、射精していた。いよいよ恐ろしくなって、寝る場所を家の奥に移し、妻が灯りをつけて周りを守ったが、前と同じ夢を見る。女がどこにいるかとうかがってみたが、どこにも姿がなかった。

それから数日後、董は血を一斗余りも吐いて死んでしまった。

一方、医師に脈を診てもらったもう一人の男、王九思が自宅の書斎にいると、一人の女がやってきた。その女性の美しさを喜んだ王は、自分のものにした。どこから来たかを尋ねると、こう言う。

「わたしは董遐思の隣の者です。彼とはもとは良い仲であったのですが、不意に狐に惑わされて死んでしまったのです。こういうものたちの妖気は恐ろしいです。勉強する人たちはよく慎んで身を守らなければなりません」

王はますます女を気に入って家にとどめ、おおいにもてなした。

数日が経つと、王は頭が朦朧として、体が痩せてきた。すると、董が夢の中に現れて王に注意を促す。

「きみが仲良くしているのは狐だ。そいつはわたしを殺し、またきみを殺そうとしているのだ。わたしはこの憤りをはらすために冥府《めいふ》に訴えた。わたしの初七日の夜に部屋の外で忘れずに香を焚《た》きなさい」

王九思は目覚めてから、この夢を不思議なことだと思って、女に言った。

「わたしの病気はたいそう重い。死ぬのではないかと恐れている。ある人が部屋に女人を入れてはならないと言ったんだ」

「寿命があれば、女が入ったからといって死ぬことはありません。寿命がなければ、女が入らなかったとしても死にます」

女はそう言うと、近寄ってきて戯笑する。王は自制できずに、また女と情を交わした。それが終わると後悔したものの、女と絶縁することはできなかった。

董の初七日の日、夕暮れになって王は香を戸の上に立てておいたが、女が来て取り捨ててしまった。夜になると、董が再び王の夢の中に現れ、頼んだ通りにしなかったと非難したので、次の夜、王はひそかに家の者に頼んで、二人が寝てから香を焚かせた。

女は寝台の上に寝ていたが、たちまち驚いて、

「また香を置いたのね」

と王を責めた。王は、

「知らない」

と答える。女は急いで香を捜し、見つけると今度も折って消してしまった。部屋に戻ってきて、

「誰があなたにこんなことをするように教えたの」

と訊《き》く。王は、

「ひょっとしたら、家内がわたしの病気を憂え、巫女《みこ》などの言うことを信じてまじないをしているのかもしれない」

と言った。女はうろうろしながら憂鬱《ゆううつ》そうな顔をしていた。

妻がそっとのぞくと香が消えている。そこで再び香を焚いた。女はたちまち嘆息して言った。

「あなたはまことに幸福な相をしている方です。わたしは誤って董遐思を殺してしまい、あなたのところに来たのです。本当に、わたしは間違っていました。これから閻魔《えんま》の前で董と白黒を決めなければなりません。これまでのよしみを忘れなかったら、わたしのからだの皮をはがないでそのままにしておいてください」

女はためらいながら寝台から下りると、その場に倒れて死んでしまった。灯りをつけて

みるとそれは狐であった。それで王は狐が生き返ることを恐れて、妻を呼んでその皮をはがして吊るしておいた。

ところが、王の病気はひどく、やがて狐が来て告げた。

「わたしはもろもろのことを閻魔に訴えました。閻魔が言うのには『董は色香に迷って死んだのだから、その罪を受けるのは当然だ。しかし、お前が人を惑わしたのもよくない』と言って、金丹を取り上げ、再び生き返らせたのです。わたしの皮はどこにあるのですか」

王が、

「妻が知らずに皮をはいでしまった」

と言うと、狐は悄然《しょうぜん》として、

「わたしは多くの人を殺したから、いま死んでも遅いくらいです。でもあなたもひどい人です」

と言い、恨みながら去っていった。

王の病気はたいへん危険な状態であったが、その後、半年ぐらいして治ったという。

狐退治（伏狐《ふくこ》）

太史某《なにがし》という人が狐に祟《たた》られて病気となり、痩せ細ってしまった。御札、まじないなど、考えられることすべてを試みてみたものの、効果がない。そこで、休暇を取って故郷に帰ることにした。何とかして、狐の祟りから逃れようと思ったのである。とはいっても、太史の行くところに狐は付いてくるので、ひどく恐れた。だが、どうしてよいものか手立てがなかった。

ある日のこと、涿《たく》州（河北省）の城門外に泊まっていると、鈴の音を立てながら、医師が近づいてきて、こう呼びかけてくる。

「わたしは狐を退治することができる」

太史が呼び寄せると、医者は薬をくれた。それは房中の薬であった。医者は薬を飲ませ、太史に狐と交わるように勧める。薬の効き目は、驚くほどで、まったく医者の話の通りだったので、狐は辟易《へきえき》してやめてくれと懇願した。太史は言うことをきかずに続け、ますます勇んだ。狐は悶《もだ》え苦しんで逃れようとしたけれど、逃れることができない。やがて時が移り、声がしないので見てみると、狐は姿を現して死んでいた。

狐を呪縛《じゆばく》する仕事（胡大姑《こたいこ》）

益都県《えきと》（山東省）に住む岳於九《がくおきゆう》の家に狐が憑《つ》いた。布や道具類が、どうかすると隣の家の塀のわきに放り投げられる。服を作るためにとっておいた目の細かい葛布《くずふ》を取り出してみると、もとの通りに巻いてはあるものの、ほどいてみると、へりだけで中がすべて切り取られて空っぽになっていたりする。このような類《たぐ》いの事が、しばしば起こるようになった。

妻はその苦々しさに我慢できず、狐をののしった。

「狐に聞かれるぞ」

岳はこう妻を戒めたが、狐はすでに梁《はり》の上にいて、こう言う。

「聞いてしまったよ」

それから祟りは、ますますひどくなってしまった。

ある日、夫婦が寝ていて起きてこないうちに、狐が寝具や着物を取っていってしまった。夫婦は裸のままで寝台にうずくまり、空を仰いで狐にお願いをした。すると、女が窓から入ってきて、着物を寝台のあたりに投げ出してくれる。見ると、それほど背は高くなく、赤い着物の上に白い袖なしの着物を重ねて着ていた。

岳は着物を取ると、お辞儀をして言った。

「狐様、わたしたちに気を配ってくださるのでしたら、悪さをしないでください。あなたを娘のようにお世話したいのですが、いかがでしょうか」

狐は言った。

「わたしはお前よりか年上なんだよ。むやみやたらと偉そうなふりをしたって、そりゃ駄目っていうもんだよ」

そこでまた姉妹になってほしいと言うと、狐が承知したので、妻に命じて、狐のことを胡大姑《こねえさま》と呼ぶことにした。

おりしも、顔鎮《がんちん》（山東省博山《はくざん》県顔神鎮）の張八《ちようはち》公子の家にある楼上に住んで、いつも人と言葉を交わす狐がいた。そこで岳は狐の胡に尋ねた。

「顔鎮に住む狐のことを知っていらっしゃいますか」

「その者は、わたしの喜《き》おばさんだよ。知っているとか知っていないとかいうもんじゃないよ」

「その喜おばさんは、悪さをしないそうですよ。それなのに胡さんはどうしておばさんの真似をなさらないのですか」

しかし、狐は岳の言うことを聞くこともなく、相変わらずいたずらを続けた。だが、他人にはあまり悪さをするでもなく、もっぱら息子の嫁にばかりいたずらをする。靴、足袋《たび》、たり、ご飯のときには粥《かゆ》の入ったお椀の中に鼠を入れたり、簪《かんざし》、耳輪などをたびたび道に捨てたり、糞《ふん》でよごしたりした。嫁は椀を放り出して、

「悪狐のやつ！」

と言ってののしり、まったく許しを請うお祈りなどしなかった。

岳は、狐に向かって頼んでみた。

「みんながあなたのことを『お姉様』と呼んでいるのに、どうして目上の者としての態度をなさらないのですか」

すると、狐は言った。

「お前の息子の嫁を離縁して外に出し、わたしを嫁にしてくれたら、わたしは何もしなくなるさ」

それを聞いた嫁は怒鳴った。

「淫乱狐《いんらんぎつね》め！　よくも恥じもせず、人間を相手に男の取り合いをしようとするものだ！」

そのとき、嫁は衣裳《いしょう》を入れるつづらの上に座っていたが、突然、尻《しり》の下から濃い煙が出てきて、蒸籠《せいろう》のようにいぶされた。開けてみると、中に入れてあった衣裳はすべて灰になり、わずかに残っていたのは姑《しゅうとめ》のものばかりであった。

狐は再び、岳の息子に妻を離縁させて家から出させようとしたが、息子は返事をしなかった。何日かしてまた催促したものの、やはり返事はない。狐は怒り、息子を石でなぐり

つけた。すると息子は額が裂け、血が流れ、瀕死《ひんし》の状態になってしまい、岳はますます狐を畏怖《いふ》した。

西山の李成爻《りせいこう》がよく利《き》く護符を作るというので、岳は金を出して招いた。李は金泥《こんでい》で赤い絹に呪《まじな》いを書いて、三日かかって護符を完成させた。そして、鏡に棒をつけて柄《つか》を作り、それで家の中すべてを照らすとともに、童子に監視を命じた。

「何か見えるものがあったら、急いで知らせるように」

ある場所に来たとき、童子はこう言った。

「塀の上に犬のようなものが伏せっています」

李はそこを指差して、呪いの符を書き、呪法《じゆほう》の禹歩《うほ》（地面を踏んで邪気を祓《はら》う歩行法）で庭を歩き、しばし呪文を唱えた。すると、家の中の犬や豚がすべて耳をたらし、尻尾《しっぽ》を巻いて命令を聞くような姿勢をして集まってくる。李が手を振って、

「行け！」

と命じると、犬や豚は連なってどっと出ていった。

李はまた呪文を唱えた。今度は家鴨《あひる》の群れが現れた。李は再び手を振って、行かせる。やがて鶏が来た。李はその一羽を指差し、大声で叱った。他の鶏たちは去ってしまったが、その鶏だけは地面に身を伏せて、羽ばたきをして、声を長く伸ばして言った。

「もういたしません！」

李は、

「これは、この家で作った紫姑《しこ》だ！」

と言った。

紫姑とは、厠《かわや》の神をいう。本妻に憎まれた妾《めかけ》が厠の掃除ばかりをさせられたので、激しく恨んで正月十五日に憤死したところ、それを天帝が憐《あわ》れんで厠の神としたとされる。民間では正月十五日に人形を作って女の子に厠や廐《うまや》を歩かせると、神が人形にのりうつって人形が揺れ動くので、その揺れ動き方で、さまざまなことを占ったという。

岳の家の者たちが、

「紫姑など作ったことはありません」

と言うと、李は、

「紫姑は今なおここにある」

と答える。そのとき、みなは三年前に紫姑遊びをし、その日から怪異が始まったことを思い出した。家じゅうを捜すと、藁《わら》人形が廐の梁の上にあるのを発見した。

李はそれを取ると火中に投じた。そして酒瓶《さかがめ》を一つ取り出し、三回呪文を唱えてから、三度叱ると、鶏はただちに去ってしまった。すると瓶《かめ》から、

「岳四《がくし》（岳は兄弟の四番目）！　うらめしい。数年後にはまた来るぞ！」

という声が聞こえた。岳はその瓶を熱湯につけたいと願ったが、李は許さずに持ち帰っ

ていった。

ある人が言うには、李の家の壁には数十の瓶が掛けてあり、口がふさいであるのはすべて狐が入っていて、次々とこれを出して祟《たた》りをさせている。その狐を呪縛してお礼を得ているので、瓶は大切なものだという。

女の怪

壁画の女（画壁《がへき》）

江西《こうせい》の孟龍潭《もうりゅうたん》という人が、朱孝廉《しゅこうれん》と共に都に滞在していたときのことである。孝廉は挙人の別称で、第二階試験合格者であった。

たまたま、二人である寺へ行った。本堂も庫裏《くり》もそれほど広くはない。老僧が一人で住んでおり、客が入ってきたのを見ると、衣を整えて出迎え、案内をしていっしょに話をしてくれた。

本堂の中には誌《し》公（梁《りょう》代の高僧宝誌のこと）の土像があり、その両側の壁に描かれている絵図はじつに巧みで、人物などまるで生きているかのようであった。東の方の壁に描いてあるのは、花をまき散らしている天女である。その中の一人、お下げの少女が、花を手にして微笑んでいる。

桜のような唇が今にも動きそうで、美しい眼元からはまさに秋波《しゅうは》が流れてくるようであった。

朱は長いこと凝視していたが、そのうちに思わず魂がふらふらとして、心が奪われていく。恍惚《こうこつ》として思いをこらしているうちに、体がたちまち雲霧に乗ったように浮き上がって、いつしか壁の中に入ってしまった。

見渡してみると御殿や高楼が重なりあっていて、人間の世界とは思えない。一人の老僧が席に着いて説法をしていた。その僧を取り巻いて、多数の人が聴聞している。朱もまたその中にまじって立っていたが、しばらくすると、誰かがそっと朱の裾《すそ》を引っ張るのを感じた。振り向いてみると、あのお下げ髪の少女が微笑んで立ち去っていく。朱は少女のあとをつけた。少女は回廊をまわって、ある小さな部屋に入った。朱がためらって近づかずにいると、少女は振り向いて、手の中の花を差し上げ、遠くから差し招くようなしぐさをする。それに誘われて行ってみると、部屋の中は静まりかえっていて、少女の他に誰もいなかった。朱が捕まえても、少女はそれほど拒絶することもなく、とうとう懇《ねんご》ろな関係になってしまった。

やがて少女は、

「声を出さないようにしてください」

と頼み、戸を閉めると出ていった。

夜になると少女は再びやってきた。こうして二日経った。少女の友人たちが二人の仲を知って、みんなで朱を捜し出し、少女をからかいながら、こう言った。

「お腹の赤ちゃんがもうそんなに大きくなったのに、まだ処女のようにお下げの髪をしているの？」

みなで簪《かんざし》や珥《みみだま》を持ってきて、髪を結いあげた。女は恥ずかしそうにして黙っていた。やがて一人の女が、

「みなさん、わたしたちは長居をしてはいけません。いやがられますことよ」

と言うと、みな笑いながら出ていった。

朱が女を見ると、髷《まげ》は高く、鬢髪《びんぱつ》が低く垂れていて、お下げ髪にしていたときに比べると、見違えるように艶《つや》がある。あたりには誰もいなかったので、さっそく戯れを始めた。蘭麝《らんじゃ》の香りが心ときめくばかりである。楽しみの最中に、突然、革靴の音がコッコッと激しく聞こえ、鎖がガラガラと鳴ったかと思うと、ガヤガヤと声がしてきた。女は驚いて立ち上がり、朱がいっしょに部屋の外をのぞいてみると、金の鎧《よろい》を着て、漆《うるし》を塗ったように黒い顔をした一人の役人が鎖を曲げ、槌《つち》をもって立っている。周囲には大勢の女たちが環のように取り巻いていた。役人は、

「揃《そろ》ったか」

と言った。

「もう揃っております」

と、女たちは答える。役人は、

「もしも下界の人間を隠しておくような者がいたら、ただちに申し出るのだ。あとで後悔するぞ!」

と続けた。女たちは一同に、

「おりません」

と答えた。役人が身をひるがえして、あたかも隠れている者を捜すかのように周りを見回した。朱といた女はひどく役人を恐れて、顔色が真っ青になり、あわてて朱に言った。

「すぐに寝台の下に隠れて！」

そうして、女は壁の上にあった小さな扉を開けると、急いで逃げ去った。

腹ばいになって隠れていた朱は、息を殺していた。すると、部屋の中に靴音が入ってきて、再び出ていくのが聞こえた。そのうち、騒がしい音はしだいに遠くへ去っていくようだった。朱はようやく少し心が落ち着いた。だが、部屋の外ではまだ行ったり来たりしながら、話をしている者がいる様子である。朱はすでに長いこと小さくなって伏せていたので、耳鳴りがするうえ、目がくらむという具合で、とても我慢できないような状態であった。

それでも、ただひたすら女が帰ってくるのを待っているだけで、どうしてこういうことになってしまったのか、考えるゆとりもなかった。

一方、その頃、孟龍潭は本堂の中にいたが、突然、朱の姿が見えなくなったので、不思議に思い、老僧に尋ねた。老僧は笑いながら答えた。

「説法を聴きに行ったのです」

「どこへですか」

「遠いところではありません」

しばらくすると、老僧は指で壁を弾《はじ》きながら呼んだ。

「朱さん、どうしていつまでも遊んでいて帰ってこないのです」

すると、またたくまに壁の中に朱の姿が現れた。朱は耳を傾けてたたずんでいて、いかにもこちらの声を聴き取ろうとしているかのようである。

老僧がまた叫んだ。

「お友だちが長いこと待っておりますぞ」

ようやく、朱が壁の中からふわりと現れ出てきた。だが、まるで腑《ふ》抜けたような感じで、正気を失っている様子なので、孟はとても驚いて静かに事情を訊《き》いた。

朱の話によると、いつのまにか別の世界に誘われ、女人との交わりがあったのち、騒動となった。そこで、寝台の下に隠れていたところ、壁を叩《たた》いて呼ぶ声が雷のように聞こえてきたので、部屋を出てそっと誰が呼んでいるのかを聴いていたという。

いっしょに花をいじっていた絵の中の女の人を見ると、髷を高々と結っていて、もうお下げの髪ではなかった。驚いた朱が老僧を拝し、わけを尋ねると、老僧は笑って答えた。

「幻は人間が自ら作り出すものです。わたしなぞに何がわかりましょうや」

その後、朱は気が鬱々《うつうつ》として元気がなくなってしまい、孟は事の経緯に驚いて気が抜けたようになってしまった。二人は立ち上がると、石段を降りて出ていった。

妖術を使う女（小二《しように》）

滕《とう》県（山東省）に趙旺《ちようおう》という人がいた。夫婦そろって仏を信仰し、生臭い物は食べず、その土地では善人と言われていた。また、少しは財産があると思われていた。夫婦には小二という名の一人娘がいた。とても賢く、美しくもあったから、趙はとても可愛がって育てた。六歳のときに、兄の長春《ちようしゆん》と共に塾の先生につかせて読み方を習わせると、五年のうちに五経を熟知するようになった。

同じ塾に丁《てい》、字《あざな》は紫白《しはく》という少年がいた。小二よりも三歳年長の雅《みやび》やかな少年で、小二と愛しあっていた。丁は母にひそかに話して、趙家と縁組みすることを願い出たが、趙は娘を大家に嫁がせたいと考えていたので、許可しなかった。

やがて趙は白蓮教《びやくれんきよう》に迷い、妖賊の徐鴻儒《じよこうじゆ》が反乱を起こしたときに、一家全員がその仲間となった。天啓年間（一六二一—二七）、徐鴻儒が白蓮教の名を借りたかたちで乱を起こしたのである。小二は、読解力に秀でた才能をもっていたので、紙を人間に変えたり、豆を馬に変えたりする妖術の書を読むと、すぐにそれを会得することができた。徐を師として仕えている少女は六人いたが、その中でも小二は最大の者とされ、徐の術をすべて教えてもらい、趙も娘のおかげで、重く用いられるようになった。

そのとき丁は十八歳であったが、滕県の秀才（科挙の合格者）になっており、他からの縁談の話もあったが、承知しなかったのは、小二のことが忘れられなかったからである。丁はひそかに家から逃げ出して徐鴻儒の部下となった。小二は丁を見ると喜び、破格の待遇をした。小二は徐の高弟であったから軍務を司《つかさど》っており、昼夜を問わず多忙であった。そのため父母も小二をいつも見ているわけにはいかず、小二は丁と毎晩会っていた。あるとき、役人たちを下がらせて、真夜中になったとき、丁はこっそりと小二にささやいた。

「わたしがここに来た本当の心を知っておりますか」

「知りません」

小二が答えると、丁はこう告げた。

「わたしはあなたの助けで出世しようなどとは考えておりません。じつはあなたのことが気になって、ここに来たのです。邪道（妖術）で事は成就しません。滅びるだけです。あなたは賢い人なのに、どうしてそうしたことを考えないのでしょうか。あなたがわたしと共に逃げ出すなら、わたしはあなたに決して背くようなことはしません」

女は憮然《ぶぜん》としてしばらく考えこんでいたが、まるではっと夢から覚めたような態度で言った。

「親に背いて行動するのはよくありません。両親に話してください」

二人は小二の両親のところへ行き、事の善し悪しを述べ立てた。しかし、趙にはそのことが理解できない。趙は、こう主張した。

「徐先生は神様だ。間違いなぞあるはずがない」

両親を説得することが不可能だと思った小二は、髪の毛を髷《まげ》に結い直し、紙の鳶《とび》を二つ取り出すと、丁とそれぞれにまたがった。紙の鳶はバタバタと羽ばたきをして、比翼《ひよく》の鳥のように羽を並べて飛んでいった。

夜明け頃、二人を乗せた鳶は莱蕪《らいぶ》（山東省）のあたりに着いた。小二が指で鳶のうなじをひねると、鳶は翼をおさめて地上に降りていく。小二は鳶をしまうと、今度は二頭の驢《ろ》馬《ば》を走らせ、山陰の小村に来た。そうして、

「自分たちは乱を避けて逃亡してきた者だ」

と言いつくろい、家を借りて住むことにした。とはいえ、二人は突然逃げてきてしまったので、持ち物もなく、生活することは不可能であった。丁はそのことをとても心配し、近所から米を借りようとしたが、一升、一斗すら、貸してくれる者はいなかった。

一方、小二の方は何も心配していないようであった。簪《かんざし》や耳輪を質屋に入れて、門を閉じてしまう。丁と静かに向かい合って二人で灯謎《とうべい》（提灯《ちょうちん》に謎の絵や詩を書いて人に当てさせ

る遊び）をしたり、本の忘れた箇所を当て合う競争をしたりしていた。負けた方は二本の指でしっぺいをされる。

二人が借りた家の西隣の住人は翁《おう》という姓の者で、強盗の頭領であった。ある日のこと、翁が一仕事をして家に帰ってきた。それを見て、小二は言った。

「隣の人は金持ちです。わたしたちは心配することはありません。ともかく、千両の金を借りようと思います。貸してくれるでしょうか」

丁が、

「それは難しいのではないか」

と答えると、小二は言った。

「わたしが彼の方から喜んで出すように仕向けましょう」

それから小二は、紙を切って冥途《めいど》の役人の形を造り、地面に置いてその上に鳥籠《とりかご》をかぶせた。次に、丁を引っ張って寝台に上がり、たくわえてある酒をあたため、『周礼《しゅらい》』を調べて觴政《さかずきのおきて》にした。それは、まずでまかせに「何冊目の何頁の第何行」と言い、いっしょに『周礼』の本を開いてそこを見る。そこに書かれた文字が、食《しょく》へんかサン水か酉《とり》へんかであれば、その人が酒を飲み、酒の部の文字であれば、その倍を飲む。やがて小二は「酒人」（周代の酒造を司る官名）を当てた。丁は大きな盃《さかずき》になみなみと注いで、小二を責め立てて飲ませた。小二は祈り、

「もしも金を借りることができるならば、あなたは飲の部に当たります」と言った。丁が本を開くと、「鼈人《べつじん》」(鼈はおおうみがめ。周代の亀鼈を司る官名)が当たった。

「うまくいったわ!」

「鼈人を当てたのだから、酒を飲むことはない」

だが、小二は言う。

「あなたは水棲《すいせい》動物です。鼈飲(毛のむしろで体を包み、首を伸ばして飲み、飲み終わると縮める飲み方)をなさい!」

このようにして、二人がワイワイと騒いでいるとき、籠の中からガチャガチャという音が聞こえた。小二は立ち上がって、

「来た来た!」

と言い、籠を調べてみると、多額の金が袋に入っている。丁はとても驚き、喜んだ。

そののち、翁家の婆やが子どもを抱いて遊びに来て、こっそりと話した。

「旦那《だんな》様がお帰りになって、灯籠《とうろう》をつけて夜遅くまで起きておられましたら、地面が突然裂けて、それはそれは深い穴ができたのです。そうしますと、一人の判官が出てきまして、『わしは冥途の刑務総監だ。今度、太山《たいざん》帝君が冥途の役人たちを集めて、盗賊の犯科帖《はんかちよう》を作ることになった。そのためには銀の燭台《しよくだい》が千台必要なのだ。一台の重さは十両で、それ

を百台寄進したならば、罪過は消えてなくなる』と言うのです。旦那様は驚き、また恐れ、香を焚《た》いてお祈りをし、千両を差し上げたのです。そうしますと、判官はしだいに裂けた地面に入っていき、地面は再び合わさってしまったのです」

丁と小二の夫婦はこの話を聞くと、わざと口々に、

「それは不思議なことです」

とうなずいたのであった。

それからのち、二人は徐々に牛や馬を買い、召使いの男や女を雇って、邸《やしき》を新築した。すると、丁が金持ちになったことを知った村の無頼漢が、悪漢たちを集めて塀を乗り越えて邸に侵入してきた。丁夫婦が目を覚ましたときには、松明《たいまつ》が周囲を照らし、盗賊たちが家の中一杯に集まっている。そのうち二人が丁を捕らえ、一人が小二のふところに手を入れてきた。小二は裸のままで立ち上がると、指を差し出し、

「止まれ！　止まれ！」

と叱りつけた。すると、十三人の盗賊は全員が舌を出して呆然《ぼうぜん》と立ちすくんでしまう。その痴呆状態になった姿は、まるで土偶《でく》のようであった。

そこで小二は袴《はかま》をはいて、家の者を呼び寄せて、盗賊の一人ひとりを後ろ手に縛り上げさせた。そうしておいて盗賊たちに詰問してすべてを白状させ、さらに責め立てた。

「わたしたちが遠くから来て、こんな谷間に隠れて住むのは、助けてほしいと願っている

からではないの。それなのに、どうしてお前たちはこんな理不尽なことをするの！　人間には良いとき悪いときがあるのだから、困っている者ははっきりと言うがよい。わたしたちにはいつまでも金を溜《た》め込んでおこうという気持ちはないのだ。山犬のようなやつは、本当だったらみんな殺してしまうところだけれど、わたしはそうしたことに耐えられない性分だから、とりあえず帰してやることにする。今度したら許さないよ！」

盗賊たちは地面に頭をこすりつけて謝り、それぞれ戻っていった。

まもなく徐鴻儒は捕らえられ、趙夫婦は子どもともども処刑されたが、長春の幼子だけは丁が金を持っていって、保釈金を払って連れ帰ってきた。子どもはそのとき三歳で、丁は自分の子として養育し、姓を丁と改め、承祧《しょうちょう》と名前を付けた。その結果、村の者たちはしだいに丁一家が白蓮教徒の血筋であることを知ることになった。

あるとき、蝗《いなご》がひどく作物を荒らした。小二が紙の鳶を数百羽作って畑の中に放つと、蝗は遠くへ逃げて、丁の畑には入ってこなかったので、丁の畑は無事にすんだ。村の者たちはそれを妬《ねた》んで、丁一家は徐鴻儒の残党であると役人に訴えた。役人は丁が豊かなことを知り、それを食い物にしようとして丁を捕らえようとした。丁は多額の賄賂《わいろ》を知事に贈って許された。小二は、

「何もしないで増えた金ですから、なくなるのは当然です。だけど、こんな人情の悪い里にいては駄目です」

と言うと、家や財産を投げ売りにしてそこを去り、県城の西郊に住むことにした。

小二はまことに賢い人間で、巧みに財産を増やし、やりくりは男以上に上手であった。あるとき、ガラスの店を開いたところ、常に工員を励まして指図するので、いろいろな碁灯(未詳)がたいそう面白くできて、他の店は対抗できなかった。そのため、ずいぶんといい値段でまたたくまに売れて、何年かするうちにますます財産が増えていった。

小二は男女の召使いたちを厳しく取り締まったので、何百人もいた使用人で無駄口を叩《たた》く者はいなかった。自分が暇なときには茶をいれて丁と碁を打ったり、あるときは本を読んだりして楽しんでいた。

金銭のことから召使いたちのことまで、おおよそ五日に一度は小二が算盤《そろばん》をもち、丁が帳簿を調べて点検していた。努力した者にはそれにふさわしい報償の差をつけ、怠けた者は鞭《むち》で打ったうえに罰としてひざまずかせた。褒美を与えた日には、暇を与えて夜業をさせず、夫婦は酒肴《しゅこう》を設けて、働いている女たちを呼び寄せ、俗謡を歌わせて、みなで楽しんだ。

小二は先見の明のある人物であったから、欺く者はいなかった。また、報償は実際の労働以上のものを支払ったので、仕事はどんどん進む。村の戸数は二百軒余りで、貧しい者には金を貸してやり、村で仕事もせず遊んでいる者はいなくなった。

あるとき、ひどい日照りが訪れた。小二は村の者たちに言って、野の中に壇を造らせ、夜中に輿《こし》に乗って出ていき、禹歩《うほ》の秘法を行った。すると、たちまち大雨が降ってきて、五里以内は潤い、人々はますます小二を神のように尊ぶようになった。

小二は外を歩くとき、顔を隠したことがなかった。村人たちはみな小二を知っていて、若い者たちが集まると、小二の美しさを語り合う。だが、真っ正面から出会うと、うやまうあまりまともに顔を見る者はいなかった。

毎年秋になると、耕作のできない村の子どもたちに金を与えて紫蘇《しそ》を採らせた。それが二十年近く続いたので、積もり積もって家中に一杯になった。村人がひそかにそのことを笑っていると、山東に大飢饉《ききん》が起こって、みなが互いに食い合うようになった。そこで小二は紫蘇を出して粟《あわ》に混ぜ合わせ、飢えた人たちを助けた。近くの村もそれで助かり、逃げ出す者はいなかったという。

白い喪服の女（金陵女子《きんりようじよし》）

沂水《きすい》（山東省沂水県）に趙某《ちようなにがし》という人が住んでいた。ある日、町から帰ってくる途中、趙は道端で白い喪服を着た女が悲しそうに泣いているのに出会う。見ると、美しい女なので、趙は気に入ってしまい、見つめたまま、その場から立ち去らずにいた。すると女は涙を流しながら言う。

「この人は道を行くこともしないで、わたしを見てる！」

「こんな人のいない野原で、あなたがひどく泣いているのを見て、わたしもとても悲しくなったんだ」

「夫が死んでしまって、帰るところがないので、泣いていたのよ」

趙は、また良い夫を選べばいいと勧めた。

「一人ぼっちの女が、どうやって相手を選ぶというの。もし誰か世話をしてくれる人がいたら、妾《めかけ》だっていいんだけど……」

喜んだ趙が自分といっしょにならないかと言うと、女は承諾した。そこで女のために馬を探そうとすると、女は、

「必要ないわ！」

と言って、先を歩いていく。だが、それはまるで走るような早さであった。

家に着くと、女は一所懸命に台所仕事をした。

二年余りが経った。ある日のこと、女は趙に向かって話した。

「あなたの厚い愛情に感動して、身をまかせてからもう二年が経ちました。ひとまずお暇《いとま》をいただきます」

「以前に、家がないと言っていたじゃないか。どこへ行くのだ？」

「あのときはでたらめなことを言いました。家がないってことはないのです。父が金陵で薬屋をしているから、もしもまた会いたくなったら薬を持ってきてください。旅費のたしになりますから」

仕方なく、趙が女のために乗り物を雇おうとすると、女は、

「いらない」

と断り、門から出ていってしまった。趙はあとを追いかけたが、追いつけなかった。そのうえ女の姿は、たちまちのうちに見えなくなってしまった。

長い時が経過した。その後も趙はとても女のことが気になっていた。そこで、ある日、薬を持って金陵へ行き、荷物を宿屋に預けると、町中を訪れた。すると薬屋の一人の老人が趙を見て、

「ああ、婿殿が来られた」

と言い、趙を迎え入れてくれる。

あの女が庭で衣服を洗濯していたものの、趙を見たまま、何も言わなかった。趙に笑いかけもせず、洗濯する手を休めようともしなかった。

趙は腹立たしくなり、すぐに薬屋から出ていった。すると、老人が再び趙を引っ張って連れ戻したが、女は同じように振り向きもしない。

老人は支度を言いつけて酒を出し、多額な金を贈ろうと女に相談したが、女はそれを止

めて言った。

「彼は福運があまりない人だから、たくさん差し上げたとしても保てないでしょう。まあ、苦労を少し慰める程度の金額にして、それと十ばかりの薬の処方を調べて教えてあげれば、食いっぱぐれることはないでしょう」

老人が趙の持ってきた薬のことを訊《き》くと、女は、

「もう売ってしまったわ。お金はここにあります」

と答えた。老人は処方を出して趙に与え、金を渡して送り帰した。その処方を試すと、不思議に効き目がある。沂水地方には、今でもその処方を知っている者がいる。雨垂れの水に大蒜《にんにく》を混ぜて、瘤《こぶ》を洗うことなどもその一つで、よく効くといわれる。

龍の怪

書物から出てきた龍（蟄龍《ちつりょう》）

於陸《おりく》（山東省）の銀台《ぎんだい》（通政司《つうせいし》）である曲公《きょく》が家の二階で書物を読んでいた。ちょうど雨が降って、暗い日であった。そのとき、蛍のように光る小さなものが、うじうじとうごめきながら机の上に上がってきた。その不思議なものが通った跡はミミズがはった跡のように黒くなり、しだいに本の上に来てとぐろを巻くと、その本も同じように黒く焦げる。それが龍だと思った曲公は、本を捧《ささ》げたまま門の外まで送ってゆき、本を持って、しばらくそのまま立っていた。

「わたしのやり方が、うやうやしくないと思わないかな」

曲公はこのようにつぶやき、本を持って、前と同じように机の上に置き、冠をつけて正装し、丁寧にお辞儀をしてから再び送っていった。軒下まで行くと、龍は首を上げ、体を伸ばし、本から飛び上がり、さっと音を立てて、一筋の糸のような光を放ちながら去っていった。

数歩離れたところで、龍は曲公を振り返ったが、そのときは水瓶《みずがめ》よりも大きく、体は一丈ほどになっていた。そしてもう一度向きを変えると、雷鳴で大地をふるわせながら、空を昇っていった。

龍の歩いた跡をたどってみると、本箱から出てきたものであった。

蜘蛛《くも》に戯れる龍（龍戯蛛《りゅうぎしゅ》）

徐《じょ》公が斉東《せいとう》県（山東省）の県令（知事）であった頃、役所の二階を食糧の置き場所として使用していた。ところが、時々何者かに盗み食いをされ、その残り物があたり一面に散らかっていることがあった。

家人はそのことでたえず叱られるので、何者が二階を荒らすのか、隠れて様子をうかがっていた。そうすると一斗升のような大蜘蛛がいる。家人は驚き、走って徐公に報告した。奇異に思った徐公は、召使いの女などを遣わし、餌を与えてみた。蜘蛛はしだいに慣れてきて、食べ物が欲しくなると、現れ出てきて人にすがり、満腹すると去っていくようになった。

一年余りが経って、徐公が裁判の書類を見ていると、蜘蛛が突然現れて、机の下に隠れた。腹が減ったのであろうと思い、家人を呼んで餌を与えさせようとした。ふと見ると、箸《はし》のような細さの二匹の蛇が蜘蛛を挟んで寝ていた。蜘蛛はといえば、爪を捲《ま》き、腹を縮めて、恐怖に耐えられないという様子をしている。見ているうちにずんずんと蛇は大きくなり、卵よりも太くなった。徐公がたいへん驚いて走り逃げようとしたとき、ものすごい雷が落ち、家の中の者すべてが雷に打たれて倒れてしまった。

しばらくして徐公は蘇生《そせい》したものの、夫人や召使いの者たちなど七人が死んで、徐公も一か月余り患ったのち、死んでしまった。

徐公の人となりは廉正《れんせい》で、人民をいつくしんでいたから、葬式の日には、人民はお金を集めて柩《ひつぎ》を贈り、泣き声があたりに満ち満ちたという。

龍の話三篇（龍三則《りゆうさんそく》）

北京直隷《ちよくれい》（河北省）の境にある村で、空から落ちた龍が、ある大家にのそりのそりと入っていった。

龍はその家の門をやっと通ることができるほどの大きさで、門いっぱいになって入るのを見た家人たちは、みな二階に駆け上がった。大騒ぎをしながらも、轟然《ごうぜん》と鉄砲を撃ったところ、龍は出ていった。門の外には一尺たらずの小さな水たまりがあり、龍はその中に入ってのたうちまわって、体じゅう泥まみれになると、力の限り飛び上がった。しかし一尺余り上がっては、泥の中に落ちる。

こうして三日間、泥の中にわだかまっているうちに、蠅がうろこの上にたかってしまった。

ところが突然、大雨が降ってきて、激しい雷鳴がした。龍は空に引き上げられるようにして行ってしまった。


房《ぼう》という秀才が友人といっしょに牛山《ぎゅうざん》に登り、ある寺に入って中を見物していた。すると椽《たるき》のあいだから黄色い瓦が落ちてくる。その上にミミズくらいの小さな蛇がとぐろを巻いていた。だが、一回りしたかと思うと、もう帯ほどの大きさとなった。

みなは驚いて、それが龍であることを知ると、わあっと駆け降りて山の半ばあたりまで来た。すると、寺の中で激しい雷鳴がして、山や谷を震え動かしたかと思うと、まもなく空から黒雲が傘のように垂れ下がってくる。大きな龍がその中に入ると、やがて見えなくなってしまった。


章邱《しょうきゅう》（山東省）の小相公荘《しょうそうこうそう》に住んでいる農民の妻が、野原を歩いていたとき大風に出会った。砂ぼこりが顔に当たり、片方の目に何かが入った。麦の穂でも入ったのであろうと思ったので、目をこすったり拭《ふ》いたりしたが、どうにも治らない。瞼《まぶた》を開いてよく見ると、瞳《ひとみ》は何でもないものの、白目の部分に赤い筋がうねうねとついていた。

ある人が、こう言った。

「ここに龍が隠れているのだ」

妻はひどく心配して、死ぬときが来るのを待っているだけという状態になった。

三か月余りが過ぎたある日のこと、空がにわかに曇って、大雨が降り出した。と思うまもなく、たちまち大きな雷鳴が響きわたり、妻のまなじりが裂けて龍が飛び出してどこかに行ってしまった。妻には結局、怪我はなかったという。

龍の肉（龍肉《りようにく》）

姜玉璇《ぎようぎよくせん》太史から聞いた話である。

「龍堆《りゆうたい》（天山南路の砂漠）の地を数尺掘ると、中には龍の肉が一杯ある。誰でも自由に切り取ってよいのだが、『龍』という言葉を使ってはならない。もしもこれを『龍の肉だな』などと言おうものなら、雷鳴が起こって、人を撃ち殺すのである」

太史はかつてその肉を食べたことがあるということだから、嘘の話ではないと思われる。

龍の復讐《ふくしゅう》（博興女《はくこうじょ》）

博興《はくこう》（山東省）に住む王という農民に、十五歳になる娘がいた。だが、勢力家の某がその姿を見て、娘が外出するのをうかがい、さらっていってしまった。だが、そのことを知る者はいなかった。

某は自分の家に娘を連れてきて、

「わしの言うことを聞け」

と迫ったが、娘は泣いて拒んだ。それで、某はついには娘を絞め殺し、死骸《しがい》に石を付けて、門の外に古くからある深い淵《ふち》に沈めてしまった。

王は娘を捜したものの、その行方はわからず、それ以上捜し出す手立てもない。

ある日のこと、突然、雨が降り出した。勢力家の家の回りで稲妻が激しく光り、ひどい雷鳴が起こり、龍が雲の中から降りてきたかと思うと、某の首をつかんでどこかに去っていってしまった。

しばらくして空が晴れると、淵から娘の死骸が浮かび上がった。片手に人間の首を持っているので、調べてみると、勢力家某の首であった。

役人がこの事実を知って勢力家の家人を調べて、はじめて真相が判明した。

龍は娘が化けたものであったのだろうか。そうとしたら、どうしてそのようなことができたものか、不思議なことである。

首の怪

首のすげかえ（陸判《りくはん》）

陵陽《りょうよう》（安徽《あんき》省）の朱爾丹《しゅじたん》は、字《あざな》を小明という。豪放な性質でありながら、生まれつき愚鈍で、学問に熱心ではあったものの、まだ試験に及第せずにいた。

ある日、仲間の者が集まって酒を飲んでいた。仲間の一人が朱に向かって、ふざけてこう口にした。

「君は豪傑だといわれているが、真夜中に、東の廊下にある判官（閻魔王の補佐役）の木像を背負ってこられるかな。もしできたら、みなで金を出し合って酒宴を設けるがね」

陵陽にある十王殿の神や鬼の像はすべて木彫りで、まるで生きているように装飾が施されている。その中でも、東の廊下にある判官の像は、緑の顔に赤い髭《ひげ》を生やし、一番獰猛《どうもう》な容貌《ようぼう》をしていた。夜になると、両方の廊下で拷問にかけている声が聞こえることがあり、十王殿に入る者は身の毛がよだつほどであった。みなは、このようなことを言って朱を困らせようとしたのである。

すると、朱は笑って立ち上がり、そのまま出ていったが、まもなく門外で怒鳴る声が聞こえた。

「髭の先生を連れてきたよ」

それを聞いたみなが立ち上がると、朱が判官の木像を背負って入ってくる。そして卓の上に置くと、盃《さかずき》を三度差した。木像を見たみなは体がすくんでしまい、その場にいたたまれなくなり、もう一度背負って返してきてくれと頼んだ。

朱はまた酒を取って注ぐと、

「わたしはぞんざいな男ですから、先生、どうかお許しください。わたしの家は遠くありません。気が向きましたら、遠慮せずにお酒を飲みに来てください」

と祈り、再び木像を背負って十王殿に戻しに行った。

翌日、みなは約束通り朱を招いて、酒宴を開いた。

夕暮れ方、朱はほろ酔い機嫌で家に帰ってきた。だが、まだ酒の量が足りなかったので、一人で飲んでいると、突然、簾《すだれ》を挙げて入ってきた者がいる。見ると判官である。朱は立ち上がって話しかけた。

「ああ、わたしは死ぬのか。昨夜、あのような無礼を犯したので、いま、わたしを殺しに来たのでありましょう」

ところが、判官は、濃い髭をしごいて微笑しながら、

「いや、昨日は、親切に『来い』と言われ、今夜はたまたま暇があったので、約束通りまかりこした次第です」

と言う。たいへん喜んだ朱は判官の衣を引いて座らせ、自分は立って器を洗ったり、火を熾《おこ》したりした。判官が、

「天気がよいから、冷《ひ》や酒で結構だ」

と言うので、朱は言われた通りに徳利を卓の上に置き、家人に話して、肴《さかな》を用意させた。話を聞いてひどく驚いた妻は、座敷に出てはいけないと戒めたけれど、朱は聞こうとしなかった。立ち上がって酒の肴が調うのを待ち、座敷に出て盃を酌み交わしながら、初めて姓名を尋ねた。判官は、

「わたしの姓は陸《りく》といい、名はない」

と答えた。

古典の話をしてみると、打てば響くような応答をする。

「制芸（八股文《はっこぶん》）を知っておられますか」

と訊《き》くと、こう言う。

「善し悪しくらいはかなり弁《わきま》えているよ。冥界《めいかい》でもこの世でも読み方はだいたい同じだから……」

判官はなかなかの酒豪で、一挙に大きな盃で十杯くらいは平らげる。朱は一日中飲み続けであったものだから、ついには酔いつぶれ、卓の上にうつぶせになって眠ってしまった。目覚めたときには、残燭《ざんしょく》もほの暗く、鬼客はすでに姿を消していた。

それからというもの、陸は二、三日に一度は来るようになり、二人はますます親しいあいだがらになって、時には共に寝てゆくこともあった。あるとき、朱が文章の草稿を見せると、陸はそれを塗り消して、

「すべて駄目だ」

と言った。

ある夜、朱は酔って寝てしまい、陸がまだ一人で飲んでいた。ところが、突然、朱は夢の中で臓腑《ぞうふ》に痛みを感じて目を覚ます。すると、陸が寝台の前に座って、朱の腹を破り、腸と胃を取り出し、一本一本そろえていた。驚いた朱が、

「仇《あだ》も恨みもないはずなのに、どうしてわたしを殺すのだ」

と尋ねると、判官は笑って、

「恐れなくてもよい。わたしは君のために利口な心と取り替えているのだ」

と言い、悠然と腸を腹の中に入れて皮を合わせ、足を包む布で朱の腹をしばり、仕事を終えてしまう。寝台の上にはまったく血の跡もなく、朱の腹のあたりに少ししびれるような感触があった。判官が肉塊を卓の上に置いたのを見て、

「何ですか」

と訊くと、

「これはきみの心だ。きみの作文が下手なのは、きみの心の毛穴がふさがっていたためだ

から、いま、冥途にある千万の心の中からよいものを一つ選び出して、きみの心と取り替えたのだ。きみの心は取っておいて、不足した冥途の分を補充するのだ」

と言い、立ち上がって扉を閉めて出ていってしまった。

夜が明けてから、布を解いてみると、傷の縫い目はすでにふさがっていて、糸の筋のような赤い痕《あと》が残っている。朱はそれからというもの文章が上達し、一度目を通したものは忘れないようになった。

幾日か経って、再び文章を判官に見せた。

「結構だ。ただきみは福が薄いから、それほど出世はしない。郷試《きょうし》までご」

「それはいつのことです」

「今年である。必ず首席で及第する」

郷試とは、秀才と貢士を各省の首府に集めて行う試験のことで、合格者を挙人という。

それからまもなくして、朱は科試（官吏登用試験）で一番になり、秋の郷試では、はたして首席で及第した。同じ文社の仲間たちは「朱が郷試を受けるなぞとんでもないことだ」とからかっていたのだが、成績を見ると、顔を見合わせて驚いた。そして詳しくわけを聞き、不思議なことがあったのを初めて知ると、みなは判官と交際したいと思い、朱に紹介してくれるように頼んだ。

朱が判官に話したところ、判官は笑って承知した。それで、みなが盛大に酒席を調えて判官を待っていると、初更《しょこう》（午後八時）の頃、判官がやってくる。赤い髭は生き生きと動き、眼は稲妻のように光った。みな呆然《ぼうぜん》として色を失い、歯の根も合わずにふるえて、徐々に帰っていってしまった。朱は判官を連れて家に帰り、二人で和気あいあいと飲んだ。

酔ってから朱が、陸にこう尋ねてきた。

「腸を洗い、心を取り替えてもらったことは感謝しているが、もう一つ頼みたいことがあるのだ。聞いてもらえるだろうか」

「何だろう。言ってみてください」

「心や腸を取り替えることができるならば、顔も取り替えることができると思う。妻とわたしは若いときから夫婦で、妻の体はそれほど悪くはないけれど、顔はあまり美しいとはいえないのだ。それできみに手術をしてほしいのだが……」

判官は笑って言った。

「よし、待っていてくれたまえ」

数日が過ぎたある夜中、判官が来て朱の家の戸を叩《たた》いた。急いで起きた朱は判官を迎え入れ、灯《あか》りで照らしてみると、ふところに何かを入れている。それは何だと尋ねた。

「いつかきみに頼まれたものだ。探すのに苦労したが、うまいことに美人の頭が手に入ったので、約束通り持参したのだ」

朱が開いてみると、頸《くび》の血がまだベトベトと濡《ぬ》れている。判官は立って朱を促した。

「急いで奥へ入ろう。禽《とり》や犬を驚かしてはならないよ」

朱が、夜だから寝室の戸が中から錠がおりているだろうと心配していると、判官が来て、片手で扉を押した。すると扉は自然と開く。寝室に入ると、妻は身をそばめて眠っていた。判官は美人の頭を朱に抱えさせ、靴の中から匕首《あいくち》のような刃物を取り出し、妻の首にあてがい、爪を切るように難なく切り離した。首はコロリと枕元に落ちた。

判官は、急いで朱が抱えている美人の首を取って夫人の首にきちんと合わせて、しっかりと押さえつけると、枕を肩の下にあてがった。そうして朱に命じて妻の首をどこか目立たないところに埋めるように言うと、帰っていった。

朱の妻は目を覚ますと、首のあたりが少ししびれ、顔がこわばっているように感じた。こすると血のかけらが落ちる。ひどく驚いて召使いを呼び、湯をもってくるように頼んだ。召使いは妻の顔が血だらけになっているのに驚き、洗うと盥《たらい》の水が血で真っ赤になり、首を上げた妻の顔がすっかり違っているのに、また驚いた。

妻も鏡に自分の顔を写し、ただ驚くばかりで、さっぱりわけがわからずにいるところへ、朱が入ってきて事情を話した。そこで妻が自分の顔を再びよく見ると、長い鬢《びん》が肩にとどき、えくぼが頰にくっきりと出て、まるで絵の中の美人そのものである。

襟《えり》を開けて調べてみると、赤い線がぐるりと一周していて、上と下の肌の色が完全に違っていた。

これより以前のことだが、呉侍御《ごじぎょ》（呉公）にとても美しい娘がいた。結婚の約束をしながらも、嫁ぐ前に二度も夫になる相手が死んでしまい、十九歳になってもまだ嫁いだことがなかった。

上元（正月十五日の節）に十王殿に行ったとき、参詣《さんけい》する人たちでごった返している中に無頼の賊がいた。賊は娘の美しいのを見てひそかに住んでいるところを訪ね、夜陰に乗じて梯子《はしご》で屋敷の中に忍び入った。そして娘の家の門の戸に穴をあけ、召使いの女一人を殺して娘を強姦《ごうかん》しようとした。娘が力の限り防いで大声でわめいたので、怒った賊は娘も殺してしまった。

呉夫人はかすかに騒がしい声を聞いたので、召使いを呼び、いっしょに様子を見に行くと、血だらけの娘の死骸《しがい》があった。夫人は驚いて家の者を呼んだ。家中の者たちが起きてきて、奥に死骸を置き、斬られた頭を首のそばに置いて、全員で泣いたのであった。

その夜は一晩中大騒ぎになり、夜が明けてからみなで衾《ふすま》を開けてみると、体はあるものの首がなくなっていた。そこで夫人は、召使いの女たちを鞭《むち》で打ちすえた。遺体の番の仕方が悪かったので、犬に食べられたと思ったからである。

呉公はこの事を郡に訴え出た。郡の役人は厳重に期限を切って賊を探したが、三か月経っても犯人を捕縛できなかった。そのうちに朱の家で夫人の首が変わったという奇怪な事件を呉公に語った者がいた。

疑いを抱いた呉公は、老女（召使いの女）を朱の家に遣わし探索させた。老女は朱夫人の顔を見て驚き、走り戻って呉公に報告した。呉公は娘の死骸がもとの通りにあるのを見て確認し、首だけが生きていることに驚愕《きようがく》すると同時に怪しんだ。どうにも解釈することができず、事によると朱が妖術などを使って娘を殺したのかもしれないと疑い、朱の家へ行って尋ねてみた。朱はこう答えた。

「妻は夢の中で首を取り替えられたので、本当にどうしてこうなったのかわからないのです。それをわたしが殺したとおっしゃるのは、冤罪《えんざい》というものです」

だが、呉公は朱の説明を信じず、朱を訴えた。しかし、朱の家の者を調べてみても、まったく朱の話した通りであったので、郡守も朱を罰することはできなかった。

釈放されて家に帰った朱は、この一件を落ち着かせるよい方法はないかと、判官に相談した。判官はこう語った。

「むずかしいことではない。あの娘に自分で言わせることにしよう」

夜になると、娘が呉公の夢に現れ、呉公に告げた。

「わたしは蘊渓《そけい》（湖南省新化県）の楊大年《ようたいねん》に殺害されたのです。朱孝廉《しゆ》は無関係です。あの人は妻が美人でないことを気にしていたので、陸判官がわたしの頭を切り取って交換したのです。だからわたしの体は死んだけれど、頭だけは生きているようなものですから、どうか朱孝廉を仇《かたき》と思わないでください」

目が覚めたのちに、呉公はこのことを夫人に伝えると、夫人が見た夢もまったく同じであったので、ただちに役所に訴えた。

役所で調べてみると、はたして楊大年という人物が存在した。捕らえて拷問にかけると、ついに娘を殺した罪を認め、刑に服した。そのあと、呉は朱の家へ行って、夫人と会い、朱を婿とし、朱の妻の首と娘の体とを合わせて埋葬した。

そののち、朱は三回礼部の試験に応募したものの、いつも試験場の規則に触れたという理由で追い出されたため、いつしか仕官しようという気持ちがなくなってしまった。

それから三十年が経った。ある日の夕方、陸判官が来て朱に告げた。

「きみの命は長くないよ」

「いつまでのことか」

「あと五日の期限だ」

「何とかして救ってくれる方法はないのか」

「これは天が命ずるところで、人間が勝手にできることではないのだ。それに悟りを開いた人からみれば、生も死も同じだ。必ずしも生を楽しいとすることも死を悲しいとすることもないのだ」

その言葉に朱は納得して、衣装や棺を用意すると盛装して死地におもむいた。

翌日、夫人が朱の棺によりかかって泣いていると、朱が外からふらふらとやってきた。夫人が怖がると、朱は言った。

「わたしはいかにも幽霊だ。だけど生きているときと、気持ちは少しも変わらないのだ。寡婦になったお前や孤児となった子どもたちが懐かしくてたまらなく、こうしてやってきた」

夫人はひどく泣いてしまい、涙が胸元にまであふれてくる。朱が静かに慰めると、こう尋ねた。

「むかしは反魂《はんごん》といって、死んだ人が生き返ったことがありました。あなたには霊があるのに、どうして再び生き返ろうとしないのですか」

「天が定めた命数に逆らってはならないのだ」

「冥途《めいど》ではどういう務めをしていらっしゃるのですか」

「陸判官の推薦で裁判事務の監督をさせられている。官爵まで頂戴《ちょうだい》しているが、これといってつらいこともないのだ」

夫人がもっと話をしようとすると、

「陸判官がいっしょに来ているので、酒の用意をしなさい」

と告げて、急いで戸外に出ていった。夫人が朱の言葉に従って、酒肴《しゅこう》を調えているあいだ、部屋の中で飲んでいる様子がうかがえたり、豪快な笑いが聞こえてくるのは、生前とまるで同じであった。だが、夜中に部屋を見に行くと、そこには誰もいなかった。

それからは三日に一度くらいは朱が来るようになり、ときには泊まって夫人とねんごろな語らいをしてゆくときもあった。家中の者たちも二人に気を遣ってくれた。

息子の瑋《い》はまだ五歳であったが、訪れた際に朱は抱いてあげたりしていた。やがて子が七、八歳になると、灯火の下で読書を教えはじめた。瑋は賢く、九歳のときには文章も巧みになり、十五歳で県学に入るという状況であったが、朱がいつもそばにいるために自分には父がいないことをまったく知らなかった。

しかし、いつしか朱が訪れる機会がしだいに間遠になって、やがて幾日かに一度、やがては幾月かに一度来るだけになった。ある夜、訪れた朱は、夫人に言った。

「いよいよお前と永遠に別れるときが来た」

「どういうところにおいでになるのです」

「天帝のご命令で太華卿《たいかけい》となり、遠くへ赴任することになった。仕事は忙しく、道も遠くへだたっているので、来ることができそうにもない」

妻と息子は朱にしがみついて泣いた。

「そう泣くな。息子はすでに成人したし、家の財産もみなが生活できるほどのものがある。まして百年もいっしょにいることのできる夫婦などどこにもいないではないか」

こう言って二人を諭した朱は、息子を振り返って伝えた。

「立派な人になるのだよ。父の偉業を落とさないようにしなさい。十年後にまた会おう」

朱はそのまま門から出ていったが、それを最後に来なくなってしまった。

そののち、瑋は二十五歳のときに進士となり、行人《こうじん》（外交官）の官を授けられた。ある日、勅命を奉じて西岳《せいがく》（華岳。五山の一）を祭る役目で、そこに行く途中の華陰県《かいん》（陝西省《せんせい》）を通っているときのことである。輿馬《よば》に乗って羽葆《うほう》をさしかけた一行が瑋の行列の中を突き走ってゆくので不思議に思い、車中の人を見ると父であった。馬から下りた瑋が道端で泣き伏していると、父は輿《こし》を止めて言う。

「お前の評判がよいので、わたしもこれで瞑目《めいもく》できるというものだ」

瑋はなおも地に伏して起きないでいた。父はただちに車を促して火のように駆けさせた。しかし、数歩行ったところで、佩刀《はかせ》をほどいて供の者に持たせて瑋に渡し、遥《はる》かな彼方から、

「この刀を佩《は》いておれば、出世するだろう」

と言った。瑋は追いかけたが、輿も供の人馬もさっと風のように見えなくなってしまった。瑋はしばらくのあいだ嘆き悲しんでいたが、やがて刀を抜いてよく見ると、一行の文章が彫られている。

「胆は大ならんことを欲し、心は小ならんことを欲す。智は円ならんことを欲し、行は方ならんことを欲す」（胆は大であることを欲し、心は小であることを欲する。智は欠けたところ

のないことを欲し、行は正しいことを欲する）

瑋はのちに司馬《しば》（軍事をつかさどる官）となり、沈《ちん》、潜《せん》、泌《みつ》、渾《こん》、深《しん》という五人の子をもうけた。ある夜、父の朱が夢の中に現れて、こう勧めた。

「刀を渾に贈るとよい」

瑋がその通りにしたところ、渾は仕えて総憲となり、政治の評判はすこぶるよかったという。

笑って首が落ちた話（諸城某甲《しょじょうぼうこう》）

学師の孫景夏《そんけいか》先生がお話しになったことである。

先生の住む同県（山東省諸城県）の某甲《なにがし》は、流寇《りゅうこう》に出遭って殺され、首が胸先に落ちかかって死んでいた。流寇とは流れゆく群盗をいい、明末の李自成《りじせい》らの叛徒《はんと》のことである。賊が退散したのち、家の者が何とか死骸《しがい》を得て、かついでいって埋葬しようとした。ところが、息の音が糸のように聞こえてくる。よく調べてみると、喉《のど》の指くらいの部分が、まだ切れていなかった。そこで、みなはその頭に手を添えてかついで家に帰った。

一昼夜が経つと、某はうめき声を上げるようになった。匙《さじ》や箸《はし》で少しずつ飲み物や食べ物を口の中に入れてやっていたところ、半年ほどして、とうとう治ってしまった。

それから十年余りが過ぎた。ある日、某が二、三人の人たちと話をしていたとき、ある人がとてもおかしい話をした。みなが大笑いをし、某も同じように手を打って、首をゆすった。そのとき、かつての刀傷が突然裂けてしまい、頭から血が流れ、みなが某を見たときには、すでに息絶えていたという。

某の父は笑わせた者を訴えた。みなは金を集めて某の父親に贈り、父は某の死骸を葬って、この件は落着した。

斬られたはずの首（董公子《とうこうし》）

青州《せい》（山東省）に董可畏《とうかい》という尚書《しょうしょ》（長官）が住んでいた。その家庭は厳格で、邸《やしき》の内外で使われている男女はひとことでも互いに言葉を交わすことを禁じられていた。

ある日、召使いの女と下働きの男とが中門の外でふざけあっているのをその家の若君に見られて、ひどく叱られた。そのため、ふたりはそれぞれ逃げ去ってしまう。

夜になって若君は小姓と共に書斎で寝ていた。おりしも暑中のことで、とても蒸し暑かったので、部屋の戸をすっかり開け放しておいた。夜が更けてから、若君の寝台でものすごい物音がする。小姓が目を覚ますと、月光の中に、あの下働きの男が何かをひっさげて部屋の入口から出てゆくのが見えた。だが、同じ邸の者でもあり、深く怪しみもせずに、そのまま寝てしまった。

やがて、ふと、激しい靴音がして、一人の頑丈そうな男が人間の首を持ってくるのに小姓は気づいた。その者は赤い顔に長い髭《ひげ》を生やした関羽の像のような人であった。恐ろしくなった小姓は、寝台の下にもぐり込んだ。寝台の上ではサラサラと衣を振るような、腹をなでるような音がしていた。しばらくしてその音がやむと、再び靴音がしてそのまま外に出ていった。小姓は首を伸ばして、寝台の下から這《は》い出た。見ると、窓の櫺《れんじ》にはすでに暁の色がほんのりとただよっている。手でさぐると、寝台の着物が濡《ぬ》れている。匂いを嗅《か》ぐと血なまぐさい。驚いた小姓が、

「若様！　若様！」

と大声で呼ぶと、若君は目を覚ました。小姓が今のできごとを話し、灯をつけて寝台を調べてみると、枕や布団に血がたくさんついている。

みなはひどく驚いたが、どういう事情であるのか皆目見当がつかなかった。

そのとき、役所の使丁が家の門を叩《たた》いた。若君が会っても、役人はただ、

「不思議だ」

と言って、驚くばかりである。そのわけを訊《き》くと、役人は話しはじめた。

「いましがた、役所の前で、一人の男がまるで心神喪失したようなありさまで、『わしは主人を殺した！』と大声で言うものですから、みなが見ると、そやつの着物に血がついておりました。それでただちに捕まえて役所に突き出しました。調べてみますと、その男は若君の使用人だということがわかりました。若君を殺してその首を関帝廟《びょう》のそばに埋めたというので、そこへ行って調べましたら、土にはまだ新しい穴があるのですが、首はないのです」

不思議に思った若君が、急いで役所に行ってみると、その男は召使いの女とたわむれていた男であった。

「自分の家でもかくかくしかじか、不思議なことがあったのです」

こう若君が告げると、役人はたいへん戸惑い、真相は依然として謎に包まれたままであった。

役人は仕方なく男をきつく叱って、釈放した。若君は小人物に恨まれるのがいやであったから、男とあの召使いの女とを夫婦として帰してやった。

それから数日が経ったある夜、あの下働きの男の部屋で何かが崩れるような音がするので、隣に住んでいる者が駆けつけて外から声をかけたところ、応答がない。戸を開けて入ってみると、夫婦は寝台ごと真っ二つに斬られていた。寝台の木にも人間の体にも鋭い斬り傷があって、一刀両断されたようであったという。

関羽公にまつわる不思議な話は数多く存在するけれど、これほど不思議な話はない。

回転する首（頭滾《とうこん》）

蘇《そ》貞下《ていか》孝廉という者の父君が、昼寝をしていたときのことである。何気なく周りをながめていると、一斗升ほどもある大きな人間の首が床の下から出てきた。それが寝台の下でくるくると回転する。

驚いた父は病気になり、とうとう起き上がることができなくなってしまった。

そののち、その弟が娼婦《しょうふ》と寝ていて殺害されるという事件が起こった。首の出現はその前兆であったのだろうか。

附　芥川龍之介と太宰治と『聊斎志異』

芥川龍之介と太宰治に『聊斎志異』に材を得た作品がある。ここでは、それぞれの作品、芥川龍之介の「酒虫《しゆちゆう》」（新思潮、大正五年六月）と太宰治の「清貧譚」（新潮、昭和十六年一月）・「竹青《ちくせい》―新曲聊斎志異―」（文藝、昭和二十年四月）の資料となった話を現代語訳で紹介しておきたい。

芥川龍之介と太宰治の作品の『聊斎志異』の原話は、芥川が原話の題名と同じく「酒虫」、太宰治の「清貧譚」は「黄英《こうえい》」、「竹青」は題名と同じく「竹青」である。ただし、太宰治の場合は、田中貢太郎訳『聊斎志異』（北隆堂書店、昭和四年）を資料としたといわれ、また、太宰が「清貧譚」の冒頭に「古い物語を骨子として、二十世紀の日本の作家が、不逞の空想を案配」したと記しているように、「原話」というよりも翻案というべきであろう。現代語訳のあとに、芥川龍之介と太宰治のそれぞれの作品を収載した。

酒虫《しゆちゆう》

長山《ちようざん》（山東省）の劉《りゆう》氏は太った大酒飲みであった。いつも独酌で甕《かめ》一つの酒を飲み干してしまう。劉は城外に三百畝《ほ》の田をもっていた（中国の一畝《ほ》は日本の一畝《せ》のおよそ六倍で、三百畝は日本の十八町歩ぐらいに相当する）。その半分の地に黍《きび》を植え、家は富豪であったから、飲むのに困るということはなかった。

あるとき、異国の僧が劉を見て言った。

「体に奇病がある」

「そんなものはない」

劉がそう答えると、僧は訊《き》く。

「そなたは酒を飲んでもいつも酔わないのじゃないか」

「そうだ」

「それは酒虫というものなんだ」

驚いた劉は、治療の方法を尋ねた。

「たやすいことだ」

「どんな薬が必要なんだ？」

「薬なんかいらないよ」

こう言って、僧は、劉を日なたにうつむけに寝させて、手足を縛り、劉の首から半尺(五寸)ばかり離れたところに、良質の酒を入れた椀を置いただけであった。

しばらくすると、劉は喉《のど》が渇《かわ》き、とても酒を飲みたくなった。酒の香りが鼻腔に入ってきて、飲みたいと激しく思うものの、飲むことができないのはひどくつらい。すると、突然、喉がかゆくなったかと思うと、何かを吐き出した。するとそれは酒の中に落ち込んだ。縄を解かれてからその物体を見ると、長さは三寸ばかりの赤い肉のようなものが、魚のように泳いでいる。口や眼もついていた。

驚いた劉は、お礼の金を差し出したが、僧は受け取らず、ただこう頼んだ。

「虫をくだされ」

「何に使うのですか」

「これは酒の精なのです。甕の中に水をたくわえ、この虫を入れてかきまぜると、よい酒ができるのです」

劉が試させてみると、僧の言う通りであった。

劉はそれからというもの、酒を仇《かたき》のように憎むようになった。すると、体がしだいに瘦《や》せ、家も日毎に貧しくなり、ついには飲み食いにも事欠くようになってしまったという。

黄英《こうえい》

馬子才《ばしさい》は順天《じゅんてん》（北京）の人で、大変な菊好きであった。子才の菊好きはもともと馬の家の伝統的なものであったが、子才の代には極端な菊好きになった。良い種があると聞くと、千里の遠くへでも気にせずに出かけて、必ずその種を買うほどであった。

ある日のこと、金陵《きんりょう》（南京）から来た客が馬の家に滞在し、こう語った。

「自分の従兄弟《いとこ》が北方にはない種を一、二種持っている」

この話を聞いた馬は喜び、ただちに旅仕度をしてその客に付いて金陵へ出かけた。客が方々探し求めてくれたので、二つの芽を手に入れることができた。馬はまるで宝物のようにそれを包んで家に帰った。途中、驢馬《ろば》に乗った一人の少年が幌車《ほろぐるま》に付いていくのに出会った。少年の風貌《ふうぼう》は清潔な感じがし、しだいに近づいてくると、いっしょに言葉を交わすようになった。少年は、陶《とう》という姓だと告げた。話し方はなかなか雅《みやび》であった。馬に、

「何の用で来たのですか」

と訊くので、事実をありのままに話すと、陶は言った。

「種には悪いものはありませんから、花の良し悪しは人の作り方によるのです」

馬は少年と菊作りの方法を話し合っているうちに、たいそうその陶が気に入った。馬が

行く先を尋ねた。

「姉が金陵に住むことを嫌がるので、河北に住もうと思っているのです」

少年の答えを聞いた馬は喜んで提案した。

「引っ越しをされるのですか。わたしは貧乏だが、わたしのあばら屋でよければ、お泊めすることができます。汚いことが嫌でなければ、わたしのところに来てください」

すると、陶は車の前へ走っていって、姉と相談した。簾《すだれ》を押して弟と話をしている車の中の人を見ると、二十歳ばかりのすばらしい美人である。姉は弟に、

「家の汚いのは気にしないけれど、できたら庭は広いといいわ」

と言っていた。馬は姉の申し出を承知して、弟といっしょに馬の家に帰った。

馬の屋敷の南に荒れた畑があり、そこに椽《たるき》が三、四本しかない小さな部屋があった。陶は、喜んでそこに住むことにした。毎日、北の庭へ行き、馬のために菊の手入れをする。枯れた菊があると、根を抜いて植え換え、根がつかないものはなかった。

姉弟は貧しく、陶は毎日馬といっしょに飲み食いをしていた。馬が姉弟たちの家をうかがうと、煮炊きをしていない様子がうかがえる。馬の妻の呂《りょ》は夫が陶を可愛がっているように、陶の姉を可愛がり、ときおり、いくらかの米を与えていた。

陶の姉は黄英《こうえい》という名で、話好きな性格であった。しばしば呂のところへ行き、いっしょに縫い物をしたり、糸を紡いだりしていた。

ある日のこと、陶が馬に言った。

「あなたの家はもともと豊かではないのに、わたしたちは毎日食べものを世話になっている。いつまでも迷惑をかけてばかりはいられないので、さしあたっては菊を売って暮らしてゆこうと思います」

馬には意固地な性格の部分があったので、陶の言い分をひどく卑しいと感じた。

「わたしはあなたのことを風流な心のある、高潔な人柄だと思っていた。いまさらそのようなことを言うのは、高雅な菊を卑俗なものにするようで、菊の花を辱めることになる」

陶は笑って答えた。

「自分で食べていくのです。貪《むさぼ》るということではありません。花を売ることで生活してゆくというのは、卑俗なことではないでしょう。人間はもとよりかりそめにも富を求めてはいけないけれど、しかし、自分の方から進んで貧を求める必要もないと思います」

馬が何も言わないので、陶は立ち上がって家から出ていった。

それからというもの、陶は馬が捨てた枝の残りや劣悪な種をすべて拾っていった。また、馬のところで寝たり、食べたりすることもなくなった。だが、呼べばしぶしぶ訪ねてくるという感じであった。

やがて、菊の花が咲く頃になった。家の門のあたりが市場のように騒々しいので、不思議に思った馬は門のところに行ってみた。すると、町の人が花を買って、車に載せたり肩に載せたりして、長い行列を作っている。花はすべて変わった、見たことがないものばかりであった。

馬は陶が商売っ気を出しているのを嫌らしく思い、交流を絶とうと思った。また、珍しい種を隠していたことが、不愉快でもあった。ののしってやろうと思い、扉を叩《たた》くと、陶が出てきて、手を取って中に引き入れる。見ると、荒れた庭の半畝《ぼ》ぐらい（約三アール）がすべて菊の畑になっていて、小屋以外は空き地がなかった。抜き取ったところには、別の枝を折って挿してある。畑に咲いているものはみな風情があり、しかも馬がそれらをよく見ると、すべて自分が以前に引き抜いて捨ててしまったものであった。

陶は部屋に入って酒の用意をし、菊畑の畔《あぜ》のそばに席を設けて話しはじめた。

「わたしは貧しく、あなたが言った清潔に生きるという忠告を守ることができませんでした。毎朝、菊が売れて、幸せなことにいくらか蓄えもできました。いまは充分酔うことのできる酒もあります」

しばらくして、部屋の中から、

「三郎」

と呼ぶ声がする。陶は、

「はい」

と返事をして入っていった。まもなく、立派な酒肴が並べられ、たいへん見事な料理が用意された。

「あなたの姉さんはどうして結婚しないのか」

「まだその時期ではないのです」

「それはいつのことだ」

「四十三か月後のことです」

「四十三か月というのは、どのような意味があるわけ？」

しかし、陶はただ笑って、何も答えようとはしない。それでも、馬は良い気持ちになって家に帰った。

夜が明けてから、馬が再び陶の小屋へ行ってみると、昨日挿した菊はすでに一尺ばかりに伸びていた。とても不思議なので、その方法を教えてほしいと言うと、陶はこう言うばかりである。

「この技は、言葉で教えることはできないのです。それと、あなたは菊で生計を立てようというのではないのですから、このような技術は必要ありませんでしょう」

何日か経って、客足が遠のいて庭が静かになると、陶は菊を莚《むしろ》に包んで車に載せ、どこかへ行ってしまった。その年が替わって春の半ばになって、ようやく陶は南方の風変わりな花を載せて帰ってきた。そうして花市を開くと、十日間で売り尽くし、再び帰ってきて、菊を育てている。訊《き》くと、昨年、陶から菊の花を買った者は、その根を残しておいたけれど、次の年にはみんなつまらないものとなってしまったので、再び陶から買い求めるのだという。

それからというもの、陶は日ごとに金持ちになってゆき、一年後には家を増築し、二年目には広い住宅を造るほどになったが、家主である馬にはまったく何の相談もしなかった。しだいに以前の花畑が建物に変わってしまい、空き地がなくなってしまった。それで、陶は改めて一区画の畑を購入した。その回りには墻《かき》を築いて、中にはすべて菊を植えた。

秋になると、陶はまた花を載せてどこかへ去っていった。だが、翌年の春が終わっても帰ってはこなかった。

そのうちに、馬の妻が病気で他界した。馬は黄英に心を向けるようになり、それとなく人を通じて自分の気持ちを伝えさせた。だが、黄英は微笑して何とも言わない。気持ちの上では受け入れているものの、陶がいないので返事ができないのであった。

陶が戻ってくるのを待っていたが、一年余りが経っても、結局、陶は帰ってこなかった。黄英は召使いの男に命じて菊を植えさせた。すべて陶が行うのと同じ方法である。黄英は金を得るに従って、いっそう商売の手を拡大させ、村はずれに二十頃《けい》(一頃は六一四アール)の肥沃な畑を買い入れ、邸はますます大きくなっていった。

ある日、突然、東粤《とうえつ》(広東)から来た旅人が、陶の手紙を届けてきた。見ると、「姉を馬に嫁がせたい」と書いてあった。手紙をことづけた日は、妻が死んだ日であった。いつか畑の中で共に酒を飲んだときのことを思い出してみたが、それからちょうど「四十三か月目」に当たっており、馬はたいそう不思議に思った。

馬は黄英に陶の手紙を見せて、

「結納品をどのようにしたらよいか」

と尋ねた。黄英は、

「それはいりません」

と言って断った。そして、馬の古い家は汚らしいというので、陶の建てた南の邸に住まわせようとした。これではまるで婿に行くような格好なので、馬は、

「それはだめだ」

と言って、改めて日を選び、嫁取りの式を挙行した。

黄英は馬に嫁いでから、壁に扉を付けて南の邸へ通うことができるようにした。毎日、そこから南の邸へ行き、召使いにさまざまなことを言いつけていた。馬は妻が豊かな身分であることを恥じて、黄英に南と北の邸のけじめをはっきりとつけるようにと命じていた。だが、黄英はややもすると家に必要なものを南の邸からもってくるので、半年も経たないうちに、家の物はみんな陶家の物になってしまった。

馬はただちに人を使って一つひとつそれを持っていかせた。そして、

「二度と持ってくるな」

と戒めたが、十日も経たないうちに再び馬の家の中に紛れ込むというありさまであった。こうしたことが何度か行われ、遂《つい》には、馬は鬱陶《うっとう》しい気持ちになった。そうした馬の顔を見て、黄英は笑ってこう言う。

「清廉なお方、お疲れではございませんか」

馬は恥ずかしくなり、二度と両家の品物がどうであるとか考えないことにし、黄英のしたいようにさせていた。

やがて黄英は大工を集め、資材を買い求めて大掛かりな工事を始めた。馬がそれを止めることができないまま、数か月が経った。二階建ての家や建物が立ち並び、南と北は地つながりとなり、境界がわからなくなってしまった。だが、黄英は馬の言葉に従って門を閉じ、再び菊を商売とすることはしなくなった。しかし、生活は代々続いてきた旧家以上に豊かであり、馬はゆったりと暮らすことができた。

ある日、馬はこう黄英に語りかけた。

「わたしは三十年間清貧に安んじてきたが、お前のために豊かであることに苦労させられた。このように、無意味に女に養われることは、まったく男らしいふるまいではない。人間はみんな富を得ることを祈るけれど、自分はひたすら貧を祈るのである」

「わたしは欲張っているわけではありません。ただ少しは豊かにならないと、いつまで経っても世の中の人から、『菊を好む者は陶淵明《えんめい》の昔から貧乏性でいつになっても世の中に出ることはできないだろう』と言われますので、いささか我が家の陶淵明のために頑張ってみたのです。しかし、貧しい者が豊かになろうとするのは難しくても、豊かな者が貧乏になろうというのは簡単なことです。わたしが持ってきた枕元にあるお金は、あなたの好きなようにお使いになってください」

「他人の金を捨てることも、やはり悪いことだ」

「あなたは金持ちになることを願わないし、わたしは貧しい生活ができないのですから、どうすることもできません。別居することにしませんか。清い者は清く、濁った者は濁っていることにすればいいと思います」

そして、黄英は庭の中に茅葺《かやぶ》きの小屋を造って馬を住まわせ、美しい召使いの女をつけて置いた。馬は一時は満足していたが、何日か経つとたいそう黄英のことが思われ、

「こちらに訪ねて来るように」

と伝えさせたが、黄英は来ない。そこでやむなく自分の方から出かけていった。それからは、いつも一晩おきに出かけるのが習慣になった。黄英は笑って言った。

「東の家で食事をし、西の家で泊まるなんて、清廉な人はしないでしょう」

馬も笑ったものの、返事のしようがなかった。それで再びもとのように住まいを合わせてしまった。

あるとき、馬が金陵に用事があって出かけた。おりしも菊の季節であったので、朝早く、

花屋へ行ってみた。店の中には鉢が鬱陶しいほどにたくさん並べられてあり、見事な花が咲いていた。馬は心魅かれるものがあった。陶が造った菊に似ていたからである。しばらくして主人が出てきたのを見ると、やはり陶であった。馬はたいそう喜び、別れてからのあれこれをくわしく話し、ついにはそこに泊まってしまった。

「いっしょに帰ろう」

そう馬が熱心に誘うと、陶はこう答えた。

「金陵はわたしの故郷だから、ここで結婚したいと思っています。金の蓄えが少しありますので、姉に渡してほしいのです。年末になりましたら、あなたの家へ行きます。そのときはしばらく置いてください」

馬は承知せず、

「どうしても帰ってほしい」

と、熱っぽく希望した。

「わたしの家は幸いなことに豊かで、ただ座っているだけでいいのだ。もう商売なんかやめたらいいよ」

馬はこう言って、店の中に座りこんで、召使いの者に菊の値段を付けさせ、安売りをした。菊は数日のうちに売り尽くしてしまった。

菊がなくなったので、馬は陶を熱心に説得して支度を調えさせ、船を雇ってついに北へ帰った。

自分の家の門をくぐると、姉はすでに家の中を掃除していて、寝台や寝具の用意がしてある。前もって弟が帰ってくるのを知っていたかのようであった。

帰ってきた陶は、旅装束を解くと、人を使って庭園の修復をさせ、自分は毎日、馬と碁をしたり、酒を飲んだりして、他の友人を作ろうとはしなかった。馬が、

「嫁を探すことにしよう」

と言っても、陶は、

「ほしくない」

と答えて断る。そこで、姉は二人の召使い女を遣わして、寝所を共にさせた。三、四年が経つと、娘が一人生まれた。

陶はもともとたいへんな酒好きであった。しかし、陶が酒に酔った姿を見たことはなかった。馬の友人の曾《そう》秀才は、同じようにつきあう相手がいないほどの酒豪であった。あるとき、その曾が馬のところに訪ねてきた。馬は試しに陶と飲み比べをさせてみた。二人は飲み合って、たいそう喜び、

「出会ったことが遅かった」

と言って、そのことを恨むほどであった。辰《たつ》の刻《とき》（朝の八時）から飲みはじめ、夜中の二時頃に飲み終えた。数えてみると、おのおの百壺を飲み尽くしていた。曾は泥のように

酔って、その場に寝てしまった。

やがて陶は立ち上がって寝室にもどろうとした。だが、門を出て菊畑を歩いていくうちに倒れてしまい、衣を脱ぎ捨て、そのまま地について菊となってしまった。高さが人間くらいあり、拳《こぶし》よりも大きな花が十余りついていた。馬は驚いて黄英に知らせた。黄英も驚いて急いで畑へ行くと、菊を抜いて地上に置き、着物をかぶせると、

「どうしてこんなに酔ったのです」

と言って、馬を引っ張って家に入り、

「見てはなりません」

と注意した。

夜が明けてから行ってみると、陶は畑で寝ていた。そのとき馬は初めて姉弟が菊の精であることを知り、二人をいっそう敬愛するようになった。

陶は本当の姿を現してから、ますます激しく酒を飲むようになり、いつも自分の方から手紙を出して、曾を招いた。二人はとても仲のよい酒友となった。

花朝の日（二月十五日。百花の誕生日といわれる）、曾が二人の召使いの男に、薬の入った白酒《はくしゅ》をかつがせて訪ねてきた。それを二人で飲み尽くそうというのである。

甕《かめ》に入った酒がなくなりそうになったが、二人はまだそれほど酔っていなかったので、馬がひそかに別の瓶《かめ》の酒を入れてやった。二人はまたその酒を飲み干してしまう。やがて、

曾は酔いつぶれて、召使いの男に背負われて家に帰り、陶は地面に酔い臥《ふ》して、また菊になってしまった。馬は見慣れていることでもあり、驚かなかった。型通り、菊を抜くと、そばで見守っていた。変化していくのを見ていようと思ったのである。ところが、時間が経つごとに葉は憔悴《しょうすい》してゆくばかりである。馬はひどく恐れ、そのとき初めて黄英に知らせた。話を聞いた黄英は、

「弟を殺してしまった」

と言い、走って見に行ったが、根がすでに枯れていた。黄英はたいそう悲しんだ。茎を摘んで鉢の中に入れ、それを寝所にもっていって、毎日、水を与えていた。

馬は死ぬほど後悔して、曾を憎んだが、何日かが過ぎて訊《き》いてみたら、曾はすでに酔って死んでいた。

黄英が入れた鉢の中の花はしだいに芽を出してきて、九月には花が開いた。短い幹には花がたくさんあり、香りを嗅《か》いでみると、酒の香りがするので酔陶《すいとう》と命名した。酒をかけてやると、ますます茂るのであった。

そののち、陶の娘は成長して立派な旧家に嫁いだ。黄英はしだいに年を取っていったが、これという変わったこともなかったという。

竹青

魚容《ぎょよう》は湖南《こなん》の人であった。わかるのはそれだけで、魚容のことを話してくれた人は、どこの郡や県で生まれたかは忘れたと言っていた。

魚容の家はとても貧しかったから、文官試験に落第した際も、家に帰る途中で旅費がなくなってしまった。かといって物乞《ものご》いをするのも恥ずかしい。たいそう飢えていたので、歩くこともできなくなり、しばし呉王廟《びょう》の中で休んでいた。そこは三国時代の呉の甘寧将軍を祀《まつ》ったところで、廟の前には数百の烏が棲《す》んでおり、人々は呉王の使者だと考えていた。魚容はそこで、神様を拝んで憤懣《ふんまん》を訴えたあと、廊下に出て眠っていた。

すると、誰かが魚容を呉王の前に連れて行き、ひざまずいて、奏上した。

「黒の兵士が一羽死に、一人欠員ができましたので、この男を補充したいと思います」

呉王は許可を下した。ただちに黒い衣が授けられ、魚容がそれを身につけると、たちまち烏になっていた。

羽ばたきをして外に出てみると、烏たちが群れをなしていたので、いっしょに飛んでいった。烏たちはたくさんの船の帆柱に分散してとまり、船の上の人たちが争って肉を投げ上げてくれるのを、空中に群がりながら、嘴《くちばし》で受けて食していた。魚容も同じように真似をして食べているうちに満腹になったので、飛んでいって木の梢《こずえ》にとまり、たいへん得意な気分になった。
二、三日過ぎると、魚容に連れ合いがいないのを不憫《ふびん》に思った呉王が、一羽の雌を妻にしてくれた。それは竹青《ちくせい》という烏で、お互いに愛し合い、楽しい毎日を送るようになった。魚容は食べ物を取るのに慣れてしまったから、どうかすると用心しないことがあり、竹青はたえず、周りに用心するように注意していた。だが、魚容はなかなか妻の注意を聴き入れようとはしなかった。
ある日のこと、そばを通る船に乗っていた兵隊が、弾《はじ》き弓で撃った矢が魚容の胸に命中した。幸いなことに、竹青が魚容を口にくわえて助けたので、兵隊に捕らえられずにすんだ。烏の群れが怒って羽ばたきをして波をあおり立てたところ、波がわき立ってすべての船はひっくり返った。そのあと、竹青は食べ物を取ってきては魚容を養生させていたが、傷は深く、一日で死んでしまった。そのとき、魚容は夢から醒《さ》めたかのように目が覚めた。気がつくと廟の中に寝ていたという。

話はこれより以前にさかのぼる。廟のある土地の人たちは死んでいる魚容を見つけたが、誰であるのかわからなかった。体に触ってみると、まだ冷えきってはいなかったので、時々、人を見に行かせていた。それが生き返ったので、人々は本人にわけを訊き、金を集めて家に送り帰してくれた。

三年ののち、魚容は再び以前の場所を通ったので、呉王廟にお参りし、食べ物を供え、烏を呼び集めて食べ物を与えた。そして、

「竹青がもしもこの中にいるのならば、最後に残っていておくれ」

と語りかけた。だが、食べ終わるとすべての烏は飛び去ってしまう。竹青はその中にいなかったのであろう。

そののち、ようやく魚容は挙人の試験に合格した。故郷に帰ってくる途中、また呉王廟に参詣《さんけい》して、羊と豚を供えた。そのあとで、たくさんの食べ物を用意して烏の友だちをもてなし、また同じように言葉をかけた。

その日の夜は、洞庭湖《どうていこ》のほとりの村に船をつないで一泊し、灯《あか》りのそばに座っていた。すると、飛鳥のようにふわりと地上に落ちてきたものがある。見ると、二十歳ばかりの美しい人であった。女人はにこやかに笑いかけ、

「お別れしてから、つつがなかったですか」

と尋ねた。驚いた魚容が、何者であるか尋ねると、

「あなたは、竹青をご存じないのですか」

と言う。魚容は喜んで訊いた。

「どこから来たのか」

「わたしは今は漢江の神女になっていて、故郷に戻ってくることはほとんどないのです。

この前、烏の使いが二度も来て、あなたのお情けがあったことを伝えてくれました。それでお会いしたくて来たのです」

魚容はますます喜んだ。あたかも長いあいだ離れていた夫婦のように、嬉《うれ》しい、恋しいという気持ちをどうにも抑えることができない。魚容はいっしょに南の故郷へ行こうと誘い、女はいっしょに西へ行こうと願った。どちらへ行くかも決まらないままに二人は寝てしまう。

魚容が目覚めると、女はすでに起きていた。あたりを見回すと、立派な広間の中にいて、大きな燭台《しょくだい》が燦然《さんぜん》と光り輝いていた。船の中ではない。

「ここはどこなのだ」

魚容が尋ねると、女は笑って答える。

「ここは漢陽です。わたしの家は、すなわちあなたの家です。南へどうしても行かなければならないということもありませんでしょう?」

夜が明けると、召使いの女や婆やが集まってきて、酒宴の準備が調った。広い寝台の上に低い卓を置いて、夫婦が向かい合って酒を飲んだ。魚容は召使いの者たちの居場所を尋ねた。

「船の上におります」

こう答える。

「船頭がいつまでも待ってはくれないだろう?」

魚容が心配しても竹青はこう言う。

「ご心配には及びません。わたしがあなたのことをよく伝えておきますから」

そこで、夜も昼も酒盛りをして楽しんだ。いつしか魚容は故郷に帰ることを忘れていた。

一方、船頭は夢から覚めると漢陽にいたものだから、たいへん驚いた。召使いの男が主人の魚容を捜してみたものの、どうにも行方がわからない。船頭は他の地へ行こうとしたが、纜《ともづな》が結わえられたままどうしても解くことができないので、仕方なく召使いの男といっしょに船を守ることにした。

二か月余りが経過した。魚容はふいに故郷へ帰りたくなって、そのことを女に告げた。

「わたしがここにいると、故郷の親戚《しんせき》関係もなくなってしまう。そればかりでなく、そなたとわたしは夫婦とはいうものの、それは形だけのことで、一度としてわたしの家に来たことがないのはどういうわけなんだい?」

「わたしがあなたの故郷に行けないことを、そんなにおっしゃらないでください。たとえ行けたとしても、あなたの家には奥様がおいでじゃありませんか。わたしをどうなさるつもりですか。それよりは、わたしをここに置いて、あなたの別宅にされた方がよくありませんか」

「なにしろ道程《みちのり》が遠いものだから、たびたび来ることはできないのだ」

こう魚容が残念そうに言うと、女は黒い衣を出して言う。

「あなたの以前の衣がまだ残っています。もしもわたしのことを思い出すことがありましたら、この衣を着るとここに来ることができます。おいでになりましたときは、この衣を脱がしてさしあげましょう」

それから、竹青は珍しい肴《さかな》を調えて、魚容のために別れの宴を設けてくれた。

魚容はそれで酔ってしまったが、目覚めてみると、船の中にいた。周囲を見わたすと、そこは洞庭湖に最初に泊まった場所で、船頭も召使いの男もいる。二人は魚容を見つけ、たいそう驚いて、どこに行っていたのか尋ねた。

魚容はわざと、わけがわからないという顔をして驚いたふりをしていた。

枕のそばには、包みが一つあった。中をあらためてみると、女が贈ってくれた新しい着物と足袋《たび》、履き物で、黒い衣もたたんで中に入っている。また、腰のあたりには刺繡《ししゆう》を施した袋が結わえ付けてあり、探ってみると、金貨が一杯入っていた。そこで、魚容は南へ向かって出発し、目的地の岸に到着すると、船頭に多額の謝礼をして帰らせた。

魚容が家に帰ってから数か月が過ぎた。何としても漢江のことが気になるので、ある日、ひそかに黒い衣を出して着てみた。すると両脇に羽が生えて、たちまち空へ舞い上がっていく。二時《ふたとき》（約四時間）ばかりすると、早くも漢江に到着していた。

空に輪を描きながら、魚容が低く下ってゆくと、孤島の中に二階建ての建物が群集している。魚容が飛び降りると、召使いの女が見つけて、竹青を呼んだ。

「旦那様《だんな》がいらっしゃいました」

まもなく竹青が出てきて、みなに命じ、魚容が着ていた黒い衣を脱がせた。魚容の羽の衣がハラリと落ちる。竹青は魚容の手をとって家の中へ入って言った。

「ちょうどよいところに来てくださいました。わたしは今日にも出産しそうなのです」

魚容はたわむれて、訊《き》いてみた。

「胎生か、それとも卵生なのか」

「わたしは、いまは神になっておりますから、皮も骨も昔とは違うのです」

数日後、はたして竹青は子どもを出産した。胎衣《えな》が子どもを厚く包んでいて、大きな卵のようであったが、破ってみると、男の子である。魚容は喜んで漢産《かんさん》と命名した。

三日後、漢江の神女たちが集まってきて、服飾や珍しい物を贈ってくれた。祝いに来た者たちはみな若くて美しく、三十歳を超えた人はいない。みなが部屋に入って寝台に向かい、拇指《おやゆび》で子どもの鼻をなでた。これは「増寿《ぞうじゅ》」というものだった。

みなが帰ってから、魚容は訊いてみた。

「あの人たちは誰なんだい？」

「みんな、わたしの仲間です。一番あとの白い綾織りの着物を着ていた人が、『鄭交甫《ていこうほ》が漢皐《かんこう》で二人の仙女が腰につけている大きな玉を見て、ほしいといったので、仙女は解いて与えた』と『列仙伝』に見える仙女なのです」

数か月経つと、女は船で故郷に送ってくれた。船は帆も柁《かじ》も使わず、ひらりひらりとひとりでに進んでいった。

陸に着くと、もう人が馬を道につないで待っていて、魚容はそれに乗って帰った。

それからというもの、魚容はたえず竹青のところと往来していた。数年が経つと、もともと愛らしかった漢産はますます美しい少年になったので、魚容はとても可愛がった。

魚容は、本妻の和氏《か》には子がいないことを苦にしていて、一度漢産を見たいと思っているということを竹青に告げた。竹青は支度を調えて、父の魚容といっしょに子を魚容の故郷に帰した。三か月が経過したら、また連れて戻るという約束であった。

帰ってくると、子を産んだことがなかった和氏は、まるで自分が実際に出産した子以上に漢産を可愛がり、十か月余りが経っても、とても竹青のもとに帰すことはできないと言って帰さないでいた。

すると、ある日、突然、漢産が病気になって死んでしまった。和氏はまるで死ぬほど嘆き悲しんだ。

魚容は子が他界したことを、知らせるために漢江へ向かった。竹青の家の門を入ると、漢産が裸足《はだし》のまま寝台の上で寝ていた。竹青にわけを訊くと、

「あなたが長いこと約束を破っておりますので、わたしは子どもがなつかしくなり、呼ん

だのです」

と答えた。魚容は帰さなかったわけを、和氏が子どもを可愛がっていたからだと話すと、竹青はこう答えた。

「わたしがもう一人産むのを待っていてください」

やがて一年余りすると、竹青は男女の双子を産み、男の子を漢生《かんせい》、女の子を玉佩《ぎょくはい》と命名した。魚容は漢産を連れて帰ったが、魚容は年に三、四度は往復するので、不便であるということから、一家で漢陽に引っ越すことにした。

漢産は十二歳のときに秀才の試験に合格したが、竹青は人間には美しい性質の女がいないと言って、漢産を呼んで妻《めと》を娶らせ、そののちに故郷に帰してきた。その妻の名は扈娘《こじょう》といって、やはり神女の産んだものであった。

のちに和氏が他界したとき、漢生も妹の玉佩も漢江に来てたいそう悲しんだ。葬式が終わると、漢生は家にとどまった。魚容は漢生と玉佩を漢江に連れていったが、それから故郷に帰ってくることはなかった。

酒虫

芥川龍之介

一

近年にない暑さである。どこを見ても、泥で固めた家々の屋根瓦が、鉛のように鈍《にぶ》く日の光を反射して、その下に懸けてある燕《つばめ》の巣さえ、この塩梅《あんばい》では中にいる雛や卵を、そのまま蒸殺《むしころ》してしまうかと思われる。まして、畑と云う畑は、麻でも黍《きび》でも、皆、土いきれにぐったりと頭を下げて、何一つ、青いなりに、萎《しお》れていないものはない。その畑の上に見える空も、この頃の温気《うんき》に中《あ》てられたせいか、地上に近い大気は、晴れながら、どんよりと濁って、その所々に、霰《あられ》を炮烙《ほうろく》で煎《い》ったような、形ばかりの雲の峰が、つぶつぶと浮かんでいる――「酒虫《しゅちゅう》」の話は、この陽気に、わざわざ炎天の打麦場《だばくじょう》へ出ている、三人の男で始まるのである。

不思議な事に、その中の一人は、素裸で、仰向けに地面《じびた》へ寝ころんでいる。おまけに、どう云う訳だか、細引《ほそびき》で、手も足もぐるぐる巻にされている。が格別当人は、それを苦に病んでいる容子《ようす》もない。背の低い、血色の好い、どことなく鈍重《どんじゅう》と云う感じを起させる、豚のように肥った男である。それから手ごろな素焼《すやき》の瓶《かめ》が一つ、この男の枕もとに置いてあるが、これも中に何がはいっているのだか、わからない。

もう一人は、黄色い法衣《ころも》を着て、耳に小さな青銅《からかね》の環《わ》をさげた、一見、象貌《しょうぼう》の奇古《きこ》な沙《しゃ》門《もん》である。皮膚の色が並はずれて黒い上に、髪や鬚《ひげ》の縮《ちぢ》れている所を見ると、どうも葱嶺《そうれい》の西からでも来た人間らしい。これはさっきから根気よく、朱柄《しゅえ》の麈尾《しゅび》をふりふり、裸の男にたかろうとする虻《あぶ》や蠅を追っていたが、流石《さすが》に少しくたびれたと見えて、今では、例の素焼《すやき》の瓶の側へ来て、七面鳥のような恰好をしながら、勿体《もったい》らしくしゃがんでいる。

あとの一人は、この二人からずっと離れて、打麦場の隅にある草房の軒下に立っている。この男は、頤《あご》の先に、鼠の尻尾のような髯《ひげ》を、申訳だけに生やして、踵《かかと》が隠れる程長い皁《そう》布衫《ふさん》に、結目をだらしなく垂らした茶褐帯《さかったい》と云う拵《こしら》えである。白い鳥の羽で製《つく》った団扇《うちわ》を、時々大事そうに使っている容子では、多分、儒者か何かにちがいない。

この三人が三人とも、云い合せたように、口を噤《つぐ》んでいる。その上、碌《ろく》に身動きさえもしない、何か、これから起ろうとする事に、非常な興味でも持っていて、その為に、皆、息をひそめているのではないかと思われる。

日は正に、亭午《ていご》であろう。犬も午睡《ごすい》をしているせいか、吠《ほ》える声一つ聞えない。打麦場を囲んでいる麻や黍も、青い葉を日に光らせて、ひっそりかんと静まっている。それから、その末に見える空も、一面に、熱くるしく、炎靄《えんあい》をただよわせて、雲の峰さえもこの旱《ひでり》に、肩息をついているのかと、疑われる。見渡した所、息が通っているらしいのは、この三人の男の外にない。そうして、その三人が又、関帝廟《かんていびょう》に安置してある、泥塑《でいそ》の像のように沈黙を守っている。……

勿論、日本の話ではない。——支那の長山《ちょうざん》と云う所にある劉《りゅう》氏の打麦場で、或年の夏、起った出来事である。

二

裸で、炎天に寝ころんでいるのは、この打麦場の主人で、姓は劉、名は大成《たいせい》と云う、長山では、屈指の素封家《そほうか》の一人である。この男の道楽は、酒を飲む一方で、朝から、殆《ほとんど》、盃《さかずき》を離したと云う事がない。それも、「独酌する毎に輒《すなわち》、一甕《いちおう》を尽す」と云うのだから、人並をはずれた酒量である。尤も前にも云ったように、「負郭《ふかく》の田三百畝、半は黍《きび》を種《う》う」と云うので、飲《いん》の為に家産が累《わずら》わされるような惧《おそれ》は、万々ない。

それが、何故、裸で、炎天に寝ころんでいるかと云うと、それには、こう云う因縁がある。——その日、劉が、同じ飲仲間の孫先生《そんせんせい》と一しょに（これが、白羽扇《はくうせん》を持っていた儒者である。）風通しのいい室《へや》で、竹婦人《ちくふじん》に靠《もた》れながら、棋局《ききょく》を闘《たたか》わせていると、召使いの丫鬟《あかん》が来て、「唯今、宝幢寺《ほうどうじ》とかにいると云う、坊さんが御見えになりまして、是非、御主人に御目にかかりたいと申しますが、いかが致しましょう。」と云う。

「なに、宝幢寺？」こう云って、劉は小さな眼《め》を、まぶしそうに、しばたたいたが、やがて、暑そうに肥った体を起しながら、「では、ここへ御通し申せ。」と云いつけた。それから、孫先生の顔をちょいと見て「大方あの坊主でしょう。」とつけ加えた。

宝幢寺にいる坊主と云うのは、西域《せいいき》から来た蛮僧《ばんそう》である。これが、医療も加えれば、房術も施すと云うので、この界隈では、評判が高い。たとえば、張三《ちょうさん》の黒内障《こくないしょう》が、忽《たちまち》、快方に向ったとか、李四《りし》の病閹《びょうえん》が、即座に平癒したとか、殆、奇蹟に近い噂が盛に行われているのである。――この噂は、二人とも聞いていた。その蛮僧が、今、何の用で、わざわざ、劉の所へ出むいて来たのであろう。勿論、劉の方から、迎えにやった覚えなどは、全然ない。

序《ついで》に云って置くが、劉は、一体、来客を悦ぶような男ではない。が、他《た》に一人、来客がある場合に、新来の客が来たとなると、大抵ならば、快く会ってやる。客の手前、客のあるのを自慢するとでも云ったらよさそうな、子供らしい虚栄心を持っているからである。それに、今日の蛮僧は、この頃、どこででも評判になっている。決して、会って恥しいような客ではない。――劉が会おうと云い出した動機は、大体こんな所にあったのである。

「何の用でしょう。」

「まず、物貰いですな。信施《しんぜ》でもしてくれと云うのでしょう。」

こんな事を、二人で話している内に、やがて、丫鬟《あかん》の案内で、はいって来たのを見ると、背《せ》の高い、紫石稜《しせきりよう》のような眼をした、異形《いぎよう》な沙門《しやもん》である。黄色い法衣《ころも》を着て、その肩に、縮《ちぢ》れた髪の伸びたのを、うるさそうに垂らしている。それが、朱柄の麈尾《しゆび》を持ったまま、のっそり室《へや》のまん中に立った。挨拶もしなければ、口もきかない。

劉は、しばらく、ためらっていたが、その内に、それが何となく、不安になって来たので「何か御用かな」と訊いて見た。

すると、蛮僧が云った。「あなたでしょうな、酒が好きなのは。」

「さよう。」劉は、あまり問が唐突《だしぬけ》なので、曖昧な返事をしながら、救を求めるように、孫先生の方を見た。孫先生は、すまして、独りで、盤面に石を下《おろ》している。まるで、取り合う容子はない。

「あなたは、珍しい病に罹《かか》ってお出になる。それを御存知ですかな。」蛮僧は念を押すように、こう云った。劉は、病と聞いたので、けげんな顔をして、竹婦人《ちくふじん》を撫《な》でながら、

「病――ですかな。」

「そうです。」

「いや、幼少の時から……」劉が何か云おうとすると、蛮僧はそれを遮《さえぎ》って、

「酒を飲まれても、酔いますまいな。」

「……」劉は、じろじろ、相手の顔を見ながら、口を噤《つぐ》んでしまった。実際この男は、いくら酒を飲んでも、酔った事がないのである。

「それが、病の証拠ですよ。」蛮僧は、うす笑《わらい》をしながら、語をついで、「腹中に酒虫《しゅちゅう》がいる。それを除かないと、この病は癒《なお》りません。貧道《ひんどう》は、あなたの病を癒しに来たのです。」

「癒りますかな。」劉は思わず覚束《おぼつか》なそうな声を出した。そうして、自分でそれを恥じた。

「癒ればこそ、来ましたが。」

すると、今まで、黙って、問答を聞いていた孫先生が、急に語を挟んだ。

「何か、薬でもお用いか。」

「いや、薬なぞは用いるまでもありません。」蛮僧は不愛想《ぶあいそう》に、こう答えた。

孫先生は、元来、道仏の二教を殆、無理由に軽蔑している。だから、道士《どうし》とか僧侶とかと一しょになっても、口をきいた事は滅多《めった》にない。それが、今ふと口を出す気になったのは、全く酒虫と云う語《ことば》の興味に動かされたからで、酒の好きな先生は、これを聞くと、自分の腹の中にも、酒虫がいはしないかと、聊《いささか》、不安になって来たのである。所が、蛮僧の不承不承な答を聞くと、急に、自分が莫迦《ばか》にされたような気がしたので、先生はちょいと顔をしかめながら、又元の通り、黙々として棋子《きし》を下しはじめた。そうして、それと同時に、内心、こんな横柄《おうへい》な坊主に会ったり何ぞする主人の劉を、莫迦げていると思い出した。

劉の方では、勿論そんな事には頓着《とんちゃく》しない。

「では、針でも使いますかな。」

「なに、もっと造作のない事です。」

「では呪《まじない》ですかな。」

「いや、呪でもありません。」

こう云う会話を繰返した末に、蛮僧は、簡単に、その療法を説明して聞かせた。――それによると、唯、裸になって、日向《ひなた》にじっとしていさえすればよいと云うのである。劉には、それが、甚《はなはだ》、容易な事のように思われた。その位の事で癒るなら、癒して貰うのに越した事はない。その上、意識してはいなかったが、蛮僧の治療を受けると云う点で、好奇心も少しは動いていた。

そこでとうとう、劉も、こっちから頭を下げて、「では、どうか一つ、癒して頂きましょう。」と云う事になった。――劉が、裸で、炎天の打麦場にねころんでいるのには、こう云う謂《いわ》れが、あるのである。

すると蛮僧は、身動きをしてはいけないと云うので、劉の体を細引で、ぐるぐる巻にした。それから、僮僕《どうぼく》の一人に云いつけて、酒を入れた素焼《すやき》の瓶《かめ》を一つ、劉の枕もとへ持って来させた。当座の行きがかりで、糟邱《そうきゆう》の良友たる孫先生が、この不思議な療治に立会う事になったのは云うまでもない。

酒虫と云う物が、どんな物だか、それが腹の中にいなくなると、どうなるのだか、枕もとにある酒の瓶は、何にするつもりなのだか、それを知っているのは、蛮僧の外に一人もない。こう云うと、何も知らずに、炎天へ裸で出ている劉は、甚、迂闊《うかつ》なように思われるが、普通の人間が、学校の教育などをうけるのも、実は大抵、これと同じような事をしているのである。

三

暑い。額《ひたい》へ汗がじりじりと湧《わ》いて来て、それが玉になったかと思うと、つうっと生暖《なまあたたか》く、眼の方へ流れて来る。生憎《あいにく》、細引でしばられているから、手を出して拭う訳には、勿論行かない。そこで、首を動かして、汗の進路を変えようとすると、その途端に、はげしく眩暈《めまい》がしそうな気がしたので、残念ながら、この計画も亦、見合せる事にした。その中《うち》に、汗は遠慮なく、眶《まぶた》をぬらして、鼻の側から口許《くちもと》をまわりながら、頤《あご》の下まで流れて行く。気味が悪い事夥《おびただ》しい。

それまでは、眼を開《あ》いて、白く焦《こが》された空や、葉をたらした麻畑《あさばたけ》を、まじまじと眺めていたが、汗が無暗《むやみ》に流れるようになってからは、それさえ断念しなければならなくなった。劉は、この時、始めて、汗が眼にはいると、しみるものだと云う事を、知ったのである。そこで、屠所《としょ》の羊の様な顔をして、神妙に眼をつぶりながら、じっと日に照りつけられていると、今度は、顔と云わず体と云わず、上になっている部分の皮膚が、次第に或痛みを感じるようになって来た。皮膚の全面に、あらゆる方向へ動こうとする力が働いているが、皮膚自身は、それに対して、毫《ごう》も弾力を持っていない。それでどこもかしこも、ぴりぴりする――とでも説明したら、よかろうと思う痛みである。これは、汗所《あせどころ》の苦しさではない。劉は、少し蛮僧の治療をうけたのが、忌々《いまいま》しくなって来た。

しかし、これは、後になって考えて見ると、まだ苦しくない方の部だったのである。――そのうちに、喉《のど》が渇いて来た。劉も、曹孟徳《そうもうとく》か誰かが、前路に梅林《ばいりん》ありと云って、軍士の渇《かつ》を医《いや》したと云う事は知っている。が、今の場合、いくら、梅子《ばいし》の甘酸《かんさん》を念頭に浮べて見ても、喉の渇く事は、少しも前と変りがない。頤を動かして見たり、舌を嚙んで見たりしたが、口の中は依然として熱を持っている。それも、枕もとの素焼の瓶がなかったら、まだ幾分でも、我慢がし易かったのに違いない。所が、瓶の口からは、芬々《ふんぷん》たる酒香が、間断なく、劉の鼻を襲って来る。しかも、気のせいか、その酒香が、一分毎に、益々高くなって来るような心もちさえする。劉は、せめて、瓶だけでも見ようと思って、眼をあけた。上眼を使って見ると、瓶の口と、鷹揚《おうよう》にふくれた胴の半分ばかりが、眼にはいる。眼にはいるのは、それだけであるが、同時に、劉の想像には、その瓶のうす暗い内部に、黄金《きん》のような色をした酒のなみなみと湛《たた》えている容子が、浮んで来た。思わず、ひびの出来た唇を、乾いた舌で舐めまわして見たが、唾の湧く気色《けしき》は、更にない。汗さえ今では、日に干されて、前のようには、流れなくなってしまった。

すると、はげしい眩暈《めまい》が、つづいて、二三度起った。頭痛はさっきから、しっきりなしにしている。劉は、心の中で愈《いよいよ》、蛮僧を怨めしく思った。それから又何故自分ともあるものが、あんな人間の口車に乗って、こんな莫迦げた苦しみをするのだろうと思った。そのうちに、喉は、益々、渇いて来る。胸は妙にむかついて来る。もう我慢にも、じっとしてはいられない。そこで劉はとうとう思切って、枕もとの蛮僧に、療治の中止を申込むつもりで、喘ぎながら、口を開いた。――

すると、その途端である。劉は、何とも知れない塊《かたまり》が、少しずつ胸から喉へ這い上って来るのを感じ出した。それが或は蚯蚓《みみず》のように、蠕動《ぜんどう》しているかと思うと、或は守宮《やもり》のように、少しずつ居ざって居るようでもある。兎《と》に角《かく》柔かい物が、柔かいなりに、むずりむずりと、食道を上へせり上って来るのである。そうしてとうとうしまいに、それが、喉《のど》仏《ぼとけ》の下を、無理にすりぬけたと思うと、今度はいきなり、鰌《どじょう》か何かのようにぬるりと暗い所をぬけ出して、勢よく外へとんで出た。

と、その拍子に、例の素焼の瓶の方で、ぽちゃりと、何か酒の中へ落ちるような音がした。

すると、蛮僧が、急に落ちつけていた尻を持ち上げて、劉の体にかかっている、細引を解きはじめた。もう、酒虫が出たから、安心しろと云うのである。

「出ましたかな。」劉は、呻《うめ》くようにこう云って、ふらふらする頭を起しながら、物珍しさの余り、喉の渇いたのも忘れて、裸のまま、瓶の側へ這いよった。それと見ると、孫先生も、白羽扇《はくうせん》で日をよけながら、急いで、二人の方へやって来る。さて、三人揃って瓶の中を覗きこむと、肉の色が朱泥《しゅでい》に似た、小さな山椒魚《さんしょううお》のようなものが、酒の中を泳いでいる。長さは、三寸ばかりであろう。口もあれば、眼もある。どうやら、泳ぎながら、酒を飲んでいるらしい。劉はこれを見ると、急に胸が悪くなった。……

四

蛮僧の治療の効《こう》は、覿面《てきめん》に現れた。劉大成《りゅうたいせい》は、その日から、ぱったり酒が飲めなくなったのである。今は、匂を嗅ぐのも、嫌だと云う。所が、不思議な事に、劉の健康が、それから、少しずつ、衰えて来た。今年で、酒虫を吐いてから、三年になるが、往年の丸丸と肥っていた俤《おもかげ》は、何処にもない。色光沢《いろつや》の悪い皮膚が、脂じみたまま、険しい顔の骨を包んで、霜に侵された双鬢《そうびん》が、纔《わずか》に、顳顬《こめかみ》の上に、残っているばかり、一年の中に、何度、床につくか、わからない位だそうである。

しかし、それ以来、衰えたのは、劉の健康ばかりではない。劉の家産も亦とんとん拍子に傾いて、今では、三百畝を以て数えた負郭《ふかく》の田も、多くは人の手に渡った。劉自身も、余儀なく、馴れない手に鋤《すき》を執って、佗しいその日その日を送っているのである。

酒虫を吐いて以来、何故、劉の健康が衰えたか。何故、家産が傾いたか——酒虫を吐いたと云う事と、劉のその後の零落《れいらく》とを、因果の関係に並べて見る以上、これは、誰にでも起りやすい疑問である。現にこの疑問は、長山《ちょうざん》に住んでいる、あらゆる職業の人人によって繰返され、且、それらの人人の口から、あらゆる種類の答を与えられた。今、ここに挙げる三つの答も、実はその中から、最《もっとも》、代表的なものを選んだのに過ぎない。第一の答。酒虫は、劉の福であって、劉の病ではない。偶々《たまたま》、暗愚《あんぐ》の蛮僧に遇った為に、好んで、この天与の福を失うような事になったのである。

第二の答。酒虫は、劉の病であって、劉の福ではない。何故と云えば、一飲一甕を尽すなどと云う事は、到底、常人の考えられない所だからである。そこで、もし酒虫を除かなかったなら、劉は必《かならず》久しからずして、死んだのに相違ない。して見ると、貧病、迭《かたみ》に至るのも、寧《むしろ》、劉にとっては、幸福と云うべきである。

第三の答。酒虫は、劉の病でもなければ、劉の福でもない。劉は、昔から酒ばかり飲んでいた。劉の一生から酒を除けば、後には、何も残らない。して見ると、劉は即《そく》酒虫、酒虫は即劉である。だから、劉が酒虫を去ったのは自ら己《おのれ》を殺したのも同然である。つまり、酒が飲めなくなった日から、劉は劉にして、劉ではない。劉自身が既になくなっていたとしたら、昔日《せきじつ》の劉の健康なり家産なりが、失われたのも、至極、当然な話であろう。

これらの答の中で、どれが、最よく、当《とう》を得ているか、それは自分にもわからない。自分は、唯、支那の小説家の Didacticism に倣《なら》って、こう云う道徳的な判断を、この話の最後に、列挙して見たまでである。

清貧譚

太宰　治

以下に記すのは、かの聊斎志異の中の一篇である。原文は、千八百三十四字、之《これ》を私たちの普通用いている四百字詰の原稿用紙に書き写しても、わずかに四枚半くらいの、極《ご》く短い小片に過ぎないのであるが、読んでいるうちに様々の空想が湧いて出て、優に三十枚前後の好短篇を読了した時と同じくらいの満酌の感を覚えるのである。私は、この四枚半の小片にまつわる私の様々の空想を、そのまま書いてみたいのである。このような仕草が果して創作の本道かどうか、それには議論もある事であろうが、聊斎志異の中の物語は、文学の古典というよりは、故土の口碑に近いものだと私は思っているので、その古い物語を骨子として、二十世紀の日本の作家が、不逞の空想を案配し、かねて自己の感懐を託し以て創作也と読者にすすめても、あながち深い罪にはなるまいと考えられる。私の新体制も、ロマンチシズムの発掘以外には無いようだ。

むかし江戸、向島あたりに馬山《まやま》才之助という、つまらない名前の男が住んでいた。ひどく貧乏である。三十二歳、独身である。菊の花が好きであった。佳《よ》い菊の苗が、どこかに在《あ》ると聞けば、どのような無理算段をしても、必ず之を買い求めた。千里をはばからず、と記されてあるから相当のものである事がわかる。初秋のころ、伊豆の沼津あたりに佳い苗があるということを聞いて、たちまち旅装をととのえ、顔色を変えて発足した。箱根の山を越え、沼津に到り、四方八方捜しまわり、やっと一つ、二つの美事な苗を手に入れる事が出来、そいつを宝物《たからもの》のように大事に油紙に包んで、にやりと笑って帰途についた。ふたたび箱根の山を越え、小田原のまちが眼下に展開して来た頃に、ぱかぱかと背後に馬蹄の音が聞えた。ゆるい足並《あしなみ》で、その馬蹄の音が、いつまでも自分と同じ間隔を保ったままで、それ以上ちかく迫るでもなし、また遠のきもせず、変らずぱかぱか附いて来る。才之助は、菊の良種を得た事で、有頂天なのだから、そんな馬の足音などは気にしない。けれども、小田原を過ぎ二里行き、三里行き、四里行っても、相変らず同じ間隔で、ぱかぱかと馬蹄の音が附いて来る。才之助も、はじめて少し変だと気が附いて、振りかえって見ると、美しい少年が奇妙に痩せた馬に乗り、自分から十間と離れていないところを歩いている。才之助の顔を見て、にっと笑ったようである。知らぬふりをしているのも悪いと思って、才之助も、ちょっと立ちどまって笑い返した。少年は、近寄って馬から下り、

「いいお天気ですね。」と言った。

「いいお天気です。」才之助も賛成した。

少年は馬をひいて、そろそろ歩き出した。才之助も、少年と肩をならべて歩いた。よく

見ると少年は、武家の育ちでも無いようであるが、それでも人品は、どこやら典雅で服装も小ざっぱりしている。物腰が、鷹揚である。

「江戸へ、おいでになりますか。」と、ひどく馴れ馴れしい口調で問いかけて来るので、才之助もそれにつられて気をゆるし、

「はい、江戸へ帰ります。」

「江戸のおかたですね。どちらからのお帰りですか。」旅の話は、きまっている。それからそれと問い答え、ついに才之助は、こんどの旅行の目的全部を語って聞かせた。少年は急に目を輝かせて、

「そうですか。菊がお好きとは、たのもしい事です。菊に就いては、私にも、いささか心得があります。菊は苗の良し悪しよりも、手当の仕方ですよ。」と言って、自分の栽培の仕方を少し語った。菊気違いの才之助は、たちまち熱中して、

「そうですかね。私は、やっぱり苗が良くなくちゃいけないと思っているんですが。たとえば、ですね、――」と、かねて抱懐している該博なる菊の知識を披露しはじめた。少年は、あらわに反対はしなかったが、でも、時々さしはさむ簡単な疑問の呟きの底には、並々ならぬ深い経験が感取せられるので、才之助は、躍起になって言えば言うほど、自信を失い、はては泣き声になり、

「もう、私は何も言いません。理論なんて、ばからしいですよ。実際、私の家の菊の苗を、

お見せするより他はありません。」

「それは、そうです。」少年は落ちついて首肯《うなず》いた。才之助は、やり切れない思いである。何とかして、この少年に、自分の庭の菊を見せてやって、あっと言わせてやりたく、むずむず身悶えしていた。

「それじゃ、どうです。」才之助は、もはや思慮分別を失っていた。「これから、まっすぐに、江戸の私の家まで一緒にいらして下さいませんか。ひとめでいいから、私の菊を見てもらいたいものです。ぜひ、そうしていただきたい。」

少年は笑って、

「私たちは、そんなのんきな身分ではありません。これから江戸へ出て、つとめ口を捜さなければいけません。」

「そんな事は、なんでもない。」才之助は、すでに騎虎の勢いである。「まず私の家へいらして、ゆっくり休んで、それからお捜しになったっておそくは無い。とにかく私の家の菊を、いちど御覧にならなくちゃいけません。」

「これは、たいへんな事になりました。」少年も、もはや笑わず、まじめな顔をして考え込んだ。しばらく黙って歩いてから、ふっと顔を挙げ、「実は、私たち沼津の者で、私の名前は、陶本《とうもと》三郎と申しますが、早くから父母を失い、姉と二人きりで暮していました。このごろになって急に姉が、沼津をいやがりまして、どうしても江戸へ出たいと言いますので、私たちは身のまわりのものを一さい整理して、ただいま江戸へ上る途中なのです。江戸へ出たところで、何の目当もございませんし、思えば心細い旅なのです。のんきに菊の花など議論している場合じゃ無かったのでした。私も菊の花は、いやでないものですから、つい、余計のおしゃべりをしてしまいました。もう、よしましょう。どうか、あなたも忘れて下さい。これで、おわかれ致します。考えてみると、いまの私たちは、菊の花どころでは無かったのです。」と淋しそうな口調で言って目礼し、傍の馬に乗ろうとしたが、才之助は固く少年の袖をとらえて、

「待ち給え。そんな事なら、なおさら私の家へ来てもらわなくちゃいかん。くよくよし給うな。私だって、ひどく貧乏だが、君たちを世話する事ぐらいは出来るつもりです。まあ、いいから私に任せて下さい。姉さんも一緒だとおっしゃったが、どこにいるんです。」

見渡すと、先刻は気附かなかったが、痩馬の蔭に、ちらと赤い旅装の娘のいるのが、わかった。才之助は、顔をあからめた。

才之助の熱心な申し入れを拒否しかねて、姉と弟は、とうとうかれの向島の陋屋に一まず世話になる事になった。来てみると、才之助の家は、かれの話以上に貧しく荒れはてているので、姉弟は、互いに顔を見合せて溜息をついた。才之助は、一向平気で、旅装もほどかず何よりも先に、自分の菊畑に案内し、いろいろ自慢して、それから菊畑の中の納屋を姉弟たちの当分の住居として指定してやったのである。かれの寝起きしている母屋は汚

くて、それこそ足の踏み場も無いほど頽廃していて、むしろ此の納屋のほうが、ずっと住みよいくらいなのである。

「姉さん、こりゃあいけない。とんだ人のところに世話になっちゃったね。」陶本の弟は、その納屋で旅装を解きながら、姉に小声で囁いた。

「ええ、」姉は微笑して、「でも、のんきでかえっていいわ。庭も広いようだし、これからお前が、せいぜい佳い菊を植えてあげて、御恩報じをしたらいいのよ。」

「おやおや、姉さんは、こんなところに、ずっと永く居るつもりなのですか？」

「そうよ。私は、ここが気に入ったわ。」と言って顔を赤くした。姉は、二十歳くらいで、色が溶けるほど白く、姿もすらりとしていた。

その翌朝、才之助と陶本の弟とは、もう議論をはじめていた。姉弟たちが代る代る乗って、ここまで連れて来たあの老いた痩馬がいなくなっているのである。ゆうべたしかに菊畑の隅に、つないで置いた筈なのに、けさ、才之助が起きて、まず菊の様子を見に畑へ出たら、馬はいない。しかも、畑を大いに走り廻ったらしく、菊は食い荒され、痛めつけられ、さんざんである。才之助は仰天して、納屋の戸を叩いた。弟が、すぐに出て来た。

「どうなさいました。何か御用ですか。」

「見て下さい。あなたたちの痩馬が、私の畑を滅茶滅茶にしてしまいました。私は、死にたいくらいです。」

「なるほど。」少年は、落ちついていた。「それで？　馬は、どうしました。」

「馬なんか、どうだっていい。逃げちゃったんでしょう。」

「それは惜しい。」

「何を、おっしゃる。あんな瘦馬。」

「瘦馬とは、ひどい。あれは、利巧な馬です。すぐ様さがしに行って来ましょう。こんな菊畑なんか、どうでもいい。」

「なんですって？」才之助は、蒼《あお》くなって叫んだ。「君は、私の菊畑を侮蔑《ぶべつ》するのですか？」

姉が、納屋から、幽《かす》かに笑いながら出て来た。

「三郎や、あやまりなさい。あんな瘦馬は、惜しくありません。私が、逃がしてやったのです。それよりも、この荒らされた菊畑を、すぐに手入れしておあげなさいよ。御恩報じの、いい機会じゃないの。」

「なあんだ。」三郎は、深い溜息をついて、小声で呟いた。「そんなつもりだったのかい。」

弟は、渋々、菊畑の手入れに取りかかった。見ていると、葉を喰いちぎられ、打ち倒され、もはや枯死しかけている菊も、三郎の手に依って植え直されると、颯《さ》っと生気を恢復し、茎はたっぷりと水分を含み、花の蕾は重く柔かに、しおれた葉さえ徐々にその静脈に波打たせて伸腰する。才之助は、ひそかに舌を捲いた。けれども、かれとても菊作りの志士である。プライドがあるのだ。どてらの襟を掻き合せ、努めて冷然と、「まあ、いいようにして置いて下さい。」と言い放って母屋へ引き上げ、蒲団かぶって寝てしまったが、すぐに起き上り、雨戸の隙間から、そっと畑を覗いてみた。菊は、やはり凛乎と生き返っていた。

その夜、陶本三郎が、笑いながら母屋へやって来て、

「どうも、けさほどは失礼いたしました。ところで、どうです。いまも姉と話し合った事でしたが、お見受けしたところ、失礼ながら、あまり楽なお暮しでもないようですし、私に半分でも畑をお貸し下されば、いい菊を作って差し上げましょうから、それを浅草あたりへ持ち出してお売りになったら、よろしいではありませんか。ひとつ、大いに佳い菊を作って差し上げたいと思います。」

才之助は、けさは少なからず、菊作りとしての自尊心を傷つけられている事とて、不機嫌であった。

「お断り申す。君も、卑劣な男だねえ。」と、ここぞとばかり口をゆがめて軽蔑した。「私は、君を、風流な高士だとばかり思っていたが、いや、これは案外だ。おのれの愛する花を売って米塩の資を得る等とは、もっての他です。菊を凌辱《りょうじょく》するとは、この事です。おのれの高い趣味を、金銭に換えるなぞとは、ああ、けがらわしい、お断り申す。」と、まるで、さむらいのような口調で言った。

三郎も、むっとした様子で、語調を変えて、

「天から貰った自分の実力で米塩の資を得る事は、必ずしも富をむさぼる悪業では無いと思います。俗といって軽蔑するのは、間違いです。お坊ちゃんの言う事です。いい気なものです。人は、むやみに金を欲しがってもいけないが、けれども、やたらに貧乏を誇るのも、いやみな事です。」

「私は、いつ貧乏を誇りました。私には、祖先からの多少の遺産もあるのです。自分ひとりの生活には、それで充分なのです。これ以上の富は望みません。よけいな、おせっかいは、やめて下さい。」

またもや、議論になってしまった。

「それは、狷介《けんかい》というものです。」

「狷介、結構です。お坊ちゃんでも、かまいません。私は、私の菊と喜怒哀楽を共にして生きて行くだけです。」

「それは、わかりました。」三郎は、苦笑して首肯いた。「ところで、どうでしょう。あの納屋の裏のほうに、十坪ばかりの空地がありますが、あれだけでも、私たちに、しばらく拝借ねがえないでしょうか。」

「私は物惜しみをする男ではありません。納屋の裏の空地だけでは不足でしょう。私の菊畑の半分は、まだ何も植えていませんから、その半分もお貸し致しましょう。ご自由にお

使い下さい。なお断って置きますが、私は、菊を作って売ろう等という下心のある人たちとは、おつき合い致しかねますから、きょうからは、他人と思っていただきます。」

「承知いたしました。」三郎は大いに閉口の様子である。「お言葉に甘えて、それでは畑も半分だけお借りしましょう。なお、あの納屋の裏に、菊の屑の苗が、たくさん捨てられて在りますけれど、あれも頂戴いたします。」

「そんなつまらぬ事を、いちいちおっしゃらなくてもよろしい。」

不和のままで、わかれた。その翌る日、才之助は、さっさと畑を二つにわけて、その境界に高い生垣を作り、お互いに見えないようにしてしまった。両家は、絶交したのである。

やがて、秋たけなわの頃、才之助の畑の菊も、すべて美事な花を開いたが、どうも、お隣りの畑のほうが気になって、或る日、そっと覗いてみると、驚いた。いままで見た事もないような大きな花が畑一めんに、咲き揃っている。納屋も小綺麗に修理されていて、さも居心地よさそうなしゃれた構えの家になっている。才之助は、心中おだやかでなかった。菊の花は、あきらかに才之助の負けである。しかも瀟洒な家さえ建てている。きっと菊を売って、大いにお金をもうけたのにちがいない。けしからぬ。こらしめてやろうと、義憤やら嫉妬やら、さまざまの感情が怪しくごたごた胸をゆすぶり、いたたまらなくなって、ついに生垣を乗り越え、お隣りの庭に闖入してしまったのである。花一つ一つを、見れば見るほど、よく出来ている。花弁の肉も厚く、力強く伸び、精一ぱいに開いて、花輪は、ぷりぷり震えているほどで、いのち限りに咲いているのだ。なお注意して見ると、それは皆、自分が納屋の裏に捨てた、あの屑の苗から咲いた花なのである。

「ううむ。」と思わず唸ってしまった時、

「いらっしゃい。お待ちしていました。」と背後から声をかけられ、へどもどして振り向くと、陶本の弟が、にこにこ笑いながら立っている。

「負けました。」才之助は、やけくそに似た大きい声で言った。「私は潔よい男ですからね、負けた時には、はっきり、負けたと申し上げます。どうか、君の弟子にして下さい。これまでの行きがかりは、さらりと、」と言って自分の胸を撫で下ろして見せて、「さらりと水に流す事に致しましょう。けれども、――」

「いや、そのさきは、おっしゃらないで下さい。私は、あなたのような潔癖の精神は持っていませんので、御推察のとおり、菊を少しずつ売って居ります。けれども、どうか軽蔑なさらないで下さい。姉も、いつもその事を気にかけて居ります。私たちだって、精一ぱいなのです。私たちには、あなたのように、父祖の遺産というものもございませんし、ほんとうに、菊でも売らなければ、のたれ死にするばかりなのです。どうか、お見逃し下さって、これを機会に、またおつき合いを願います。」と言って、うなだれている三郎の姿を見ると、才之助も哀れになって来て、

「いや、いや、そう言われると痛み入ります。私だって、何も、君たち姉弟《きょうだい》を嫌っている

わけではないのです。殊に、これからは君を菊の先生として、いろいろ教えてもらおうと思っているのですから、どうか、私こそ、よろしくお願い致します。」と神妙に言って一礼した。

一たんは和解成って、間の生垣も取り払われ、両家の往来がはじまったのであるが、どうも、時々は議論が起る。

「君の菊の花の作り方には、なんだか秘密があるようだ。」

「そんな事は、ありません。私は、これまで全部あなたにお伝えした筈です。あとは、指先の神秘です。それは、私にとっても無意識なもので、なんと言ってお伝えしたらいいのか、私にもわかりません。つまり、才能というものなのかも知れません。」

「それじゃ、君は天才で、私は鈍才だというわけだね。いくら教えても、だめだというわけだね。」

「そんな事を、おっしゃっては困ります。或いは、私の菊作りは、いのちがけで、之を美事に作って売らなければ、ごはんをいただく事が出来ないのだという、そんなせっぱつまった気持で作るから、花も大きくなるのではないかとも思われます。あなたのように、趣味でお作りになる方は、やはり好奇心や、自負心の満足だけなのですから。」

「そうですか。私にも菊を売れと言うのですね。君は、私にそんな卑しい事をすすめて、恥ずかしくないかね。」

「いいえ、そんな事を言っているのではありません。あなたは、どうして、そうなんでしょう。」

どうも、しっくり行かなかった。陶本の家は、いよいよ富んで行くばかりの様であった。その翌る年の正月には、才之助に一言の相談もせず、大工を呼んでいきなり大邸宅の建築に取りかかった。その邸宅の一端は、才之助の茅屋の一端に、ほとんど密着するくらいであった。才之助は、再び隣家と絶交しようと思いはじめた。或る日、三郎が真面目な顔をしてやって来て、

「姉さんと結婚して下さい。」と思いつめたような口調で言った。

才之助は、頬を赤らめた。はじめ、ちらと見た時から、あの柔かな清らかさを忘れかねていたのである。けれども、やはり男の意地で、へんな論議をはじめてしまった。

「私には結納のお金も無いし、妻を迎える資格がありません。君たちは、このごろ、お金持になったようだからねえ。」と、かえって厭味《いやみ》を言った。

「いいえ、みんな、あなたのものです。姉は、はじめから、そのつもりでいたのです。結納なんてものも要りません。あなたが、このまま、私の家へおいで下されたら、それでいいのです。姉は、あなたを、お慕い申して居ります。」

才之助は、狼狽を押し隠して、

「いや、そんな事は、どうでもいい。私には私の家があります。入《い》り婿《むこ》は、まっぴらです。

私も正直に言いますが、君の姉さんを嫌いではありません。はははは、」と豪傑らしく笑って見せて、「けれども、入《い》り婿《むこ》は、男子として最も恥ずべき事です。お断り致します。帰って姉さんに、そう言いなさい。清貧が、いやでなかったら、いらっしゃい、と。」

喧嘩わかれになってしまった。けれどもその夜、才之助の汚い寝所に、ひらりと風に乗って白い柔い蝶が忍び入った。

「清貧は、いやじゃないわ。」と言って、くつくつ笑った。娘の名は、黄英《きえ》といった。

しばらくは二人で、茅屋に住んでいたが、黄英は、やがてその茅屋の壁に穴をあけ、それに密着している陶本の家の壁にも同様に穴を穿ち、自由に両家が交通できるようにしてしまった。そうして自分の家から、あれこれと必要な道具を、才之助の家に持ち運んで来るのである。才之助には、それが気になってならなかった。

「困るね。この火鉢だって、この花瓶だって、みんなお前の家のものじゃないか。女房の持ち物を、亭主が使うのは、実に面目ない事なのだ。こんなものは、持って来ないようにしてくれ。」と言って叱りつけても、黄英は笑っているばかりで、やはり、ちょいちょい持ち運んで来る。清廉の士を以て任じている才之助は、大きい帳面を作り、左の品々一時お預り申候と書いて、黄英の運んで来る道具をいちいち記入して置く事にした。けれども今は、身のまわりの物すべて、黄英の道具である。いちいち記入して行くならば、帳面が何冊あっても足りないくらいであった。才之助は絶望した。

「お前のおかげで、私もとうとう髪結いの亭主みたいになってしまった。女房のおかげで、家が豊かになるという事は男子として最大の不名誉なのだ。私の三十年の清貧も、お前たちの為に滅茶滅茶にされてしまった。」と或る夜、しみじみ愚痴をこぼした。黄英も、流石に淋しそうな顔になって、

「私が悪かったのかも知れません。私は、ただ、あなたの御情にお報いしたくて、いろいろ心をくだいて今まで取り計って来たのですが、あなたが、それほど深く清貧に志して居られるとは存じ寄りませんでした。では、この家の道具も、私の新築の家も、みんなすぐ売り払うようにしましょう。そのお金を、あなたがお好きなように使ってしまって下さい。」

「ばかな事を言っては、いけない。私ともあろうものが、そんな不浄なお金を受け取ると思うか。」

「では、どうしたら、いいのでしょう。」黄英は、泣声になって、「三郎だって、あなたに御恩報じをしようと思って、毎日、菊作りに精出して、ほうぼうのお屋敷にせっせと苗をおとどけしてはお金をもうけているのです。どうしたら、いいのでしょう。あなたと私たちとは、まるで考えかたが、あべこべなんですもの。」

「わかれるより他は無い。」才之助は、言葉の行きがかりから、更に更に立派な事を言わなければならなくなって、心にもないつらい宣言をしたのである。「清い者は清く、濁れ

る者は濁ったままで暮して行くより他は無い。私には、人にかれこれ命令する権利は無い。私がこの家を出て行きましょう。あしたから、私はあの庭の隅に小屋を作って、そこで清貧を楽しみながら寝起きする事に致します。」ばかな事になってしまった。けれども男子は一度言い出したからには、のっぴきならず、翌る朝さっそく庭の隅に一坪ほどの掛小屋を作って、そこに引きこもり、寒さに震えながら正坐していた。けれども、二晩そこで清貧を楽しんでいたら、どうにも寒くて、たまらなくなって来た。三晩目には、とうとう我が家の雨戸を軽く叩いたのである。雨戸が細くあいて、黄英の白い笑顔があらわれ、

「あなたの潔癖も、あてになりませんわね。」

才之助は、深く恥じた。それからは、ちっとも剛情を言わなくなった。墨堤の桜が咲きはじめる頃になって、陶本の家の建築は全く成り、そうして才之助の家と、ぴったり密着して、もう両家の区別がわからないようになった。才之助は、いまはそんな事には少しも口出しせず、すべて黄英と三郎に任せ、自分は近所の者と将棋ばかりさしていた。一日、一家三人、墨堤の桜を見に出かけた。ほどよいところに重箱をひろげ、才之助は持参の酒を飲みはじめ、三郎にもすすめた。姉は、三郎に飲んではいけないと目で知らせたが、三郎は平気で杯を受けた。

「姉さん、もう私は酒を飲んでもいいのだよ。家にお金も、たくさんたまったし、私がいなくなっても、もう姉さんたちは一生あそんで暮せるでしょう。菊を作るのにも、厭きち

やった。」と妙な事を言って、やたらに酒を飲むのである。やがて酔いつぶれて、寝ころんだ。みるみる三郎のからだは溶けて、煙となり、あとには着物と草履だけが残った。才之助は驚愕して、着物を抱き上げたら、その下の土に、水々しい菊の苗が一本生えていた。はじめて、陶本姉弟が、人間でない事を知った。けれども、才之助は、いまでは全く姉弟の才能と愛情に敬服していたのだから、嫌厭の情は起らなかった。哀しい菊の精の黄英を、いよいよ深く愛したのである。かの三郎の菊の苗は、わが庭に移し植えられ、秋にいたって花を開いたが、その花は薄紅色で幽かにぽっと上気して、嗅いでみると酒の匂いがした。黄英のからだに就いては、「亦他異無し。」と原文に書かれてある。つまり、いつまでもふつうの女体のままであったのである。

竹青——新曲聊斎志異——

太宰 治

むかし湖南の何とやら郡邑《ぐんゆう》に、魚容という名の貧書生がいた。どういうわけか、昔から書生は貧という事にきまっているようである。この魚容君など、氏育ち共に賤《いや》しくなく、眉目《びもく》清秀、容姿また閑雅の趣きがあって、書を好むこと色を好むが如しとは言えないまでも、とにかく幼少の頃より神妙に学に志して、これぞという道にはずれた振舞いも無かった人であるが、どういうわけか、福運には恵まれなかった。早く父母に死別し、親戚の家を転々して育って、自分の財産というものも、その間に綺麗さっぱり無くなっていて、いまは親戚一同から厄介者の扱いを受け、ひとりの酒くらいの伯父が、酔余の興にその家の色黒く痩せこけた無学の下婢をこの魚容に押しつけ、結婚せよ、よい縁だ、と傍若無人に勝手にきめて、魚容は大いに迷惑ではあったが、この伯父もまた育ての親のひとりであって、謂わば海山の大恩人に違いないのであるから、その酔漢の無礼な思いつきに対して怒る事も出来ず、涙を怺《こら》え、うつろな気持で自分より二つ年上のその痩せてひからびた醜い女をめとったのである。女は酒くらいの伯父の妾であったという噂もあり、顔も醜いが、心もあまり結構でなかった。魚容の学問を頭から軽蔑して、魚容が「大学の道は至善に止るに在り。」などと口ずさむのを聞いて、ふんと鼻で笑い、「そんな至善なんてものに止るよりは、お金に止って、おいしい御馳走に止る工夫でもする事だ。」とにくにくしげに言って、「あなた、すみませんが、これをみな洗濯して下さいな。少しは家事の手助けもするものです。」と魚容の顔をめがけて女のよごれ物を投げつける。魚容はそのよごれ物をかかえて裏の河原におもむき、「馬嘶《いななき》て白日暮れ、剣鳴て秋気来る。」と小声で吟じ、さて、何の面白い事もなく、わが故土にいながらも天涯の孤客の如く、心は渺《びょう》として空しく河上を徘徊するという間の抜けた有様であった。

「いつまでもこのような惨めな暮しを続けていては、わが立派な祖先に対しても申しわけが無い。乃公《だいこう》もそろそろ三十、而立《じりつ》の秋だ。よし、ここは、一奮発して、大いなる声名を得なければならぬ。」と決意して、まず女房を一つ殴って家を飛び出し、満々たる自信を以て郷試に応じたが、如何《いか》にせん永い貧乏暮しのために腹中に力無く、しどろもどろの答案しか書けなかったので、見事に落第。とぼとぼと、また故郷のあばら屋に帰る途中の、悲しさは比類が無い。おまけに腹がへって、どうにも足がすすまなくなって、洞庭湖畔《どうていこはん》の呉王廟の廊下に這い上って、ごろりと仰向に寝ころび、「ああ、この世とは、ただ人を無意味に苦しめるだけのところだ。乃公の如きは幼少の頃より、もっぱら其の独りを慎んで古聖賢の道を究め、学んで而して時に之を習《しこう》っても、遠方から福音の訪れ来る気配はさらに無く、毎日毎日、忍び難い侮辱ばかり受けて、大勇猛心を起して郷試に応じても無慙《むざん》の失敗をするし、この世には鉄面皮の悪人ばかり栄えて、乃公の如き気の弱い貧書生は永遠の敗者として嘲笑せられるだけのものか。女房をぶん殴って颯爽と家を出たところまではよかったが、試験に落第して帰ったのでは、どんなに強く女房に罵倒せられるかわからない。ああ、いっそ死にたい。」と極度の疲労のため精神朦朧となり、君子の道を学んだ者にも似合わず、しきりに世を呪い、わが身の不幸を嘆いて、薄目をあいて空飛ぶ鳥の大群を見上げ、「からすには、貧富が無くて、仕合せだなあ。」と小声で言って、眼を閉じた。

この湖畔の呉王廟は、三国時代の呉の将軍甘寧《かんねい》を呉王と尊称し、之を水路の守護神としてあがめ祀《まつ》っているもので、霊顕すこぶるあらたかの由、湖上往来の舟がこの廟前を過ぎる時には、舟子《かこ》ども必ず礼拝し、廟の傍の林には数百の烏が棲息していて、舟を見つけると一斉に飛び立ち、唖々《ああ》とやかましく噪《さわ》いで舟の帆柱に戯れ舞い、舟子どもは之を王の使いの烏として敬愛し、羊の肉片など投げてやるとさっと飛んで来て口に啣《くわ》え、千に一つも受け損ずる事は無い。落第書生の魚容は、この使い烏の群が、嬉々として大空を飛び廻っている様をうらやましがり、烏は仕合せだなあ、と哀れな細い声で呟いて眠るともなく、うとうとしたが、その時、「もし、もし。」と黒衣の男にゆり起されたのである。

魚容は未だ夢心地で、

「ああ、すみません。叱らないで下さい。あやしい者ではありません。もう少しここに寝かせて置いて下さい。どうか、叱らないで下さい。」と小さい時からただ人に叱られて育って来たので、人を見ると自分を叱るのではないかと怯える卑屈な癖が身についていて、この時も、譫言《うわごと》のように「すみません。」を連発しながら寝返りを打って、また眼をつぶる。

「叱るのではない。」とその黒衣の男は、不思議な嗄《しわが》れたる声で言って、「呉王さまのお言いつけだ。そんなに人の世がいやになって、からすの生涯がうらやましかったら、ちょうどよい。いま黒衣隊が一卒欠けているから、それの補充にお前を採用してあげるというお言葉だ。早くこの黒衣を着なさい。」ふわりと薄い黒衣を、寝ている魚容にかぶせた。

たちまち、魚容は雄の烏。眼をぱちぱちさせて起き上り、ちょんと廊下の欄干にとまって、嘴で羽をかいつくろい、翼をひろげて危げに飛び立ち、いましも斜陽を一ぱい帆に浴びて湖畔を通る舟の上に、むらがり噪いで肉片の饗応にあずかっている数百の神烏《しんう》にまじって、右往左往し、舟子の投げ上げる肉片を上手に嘴に受けて、すぐにもう、生れてはじめてと思われるほどの満腹感を覚え、岸の林に引上げて来て、梢にとまり、林に嘴をこすって、水満々の洞庭の湖面の夕日に映えて黄金色に輝いている様を見渡し、「秋風飄す黄金浪花千片か。」などと所謂《いわゆる》君子蕩々然《とうとうぜん》とうそぶいていると、

「あなた、」と艶《えん》なる女性の声がして、「お気に召しまして?」

見ると、自分と同じ枝に雌の烏が一羽とまっている。

「おそれいります。」魚容は一揖して、「何せどうも、身は軽くして泥滓《でいし》を離れたのですからなあ。叱らないで下さいよ。」とつい口癖になっているので、余計な一言を附加えた。

「ずいぶんいままで、御苦労をなさいましたそうですからね。お察し申しますわ。でも、もう、これからは大丈夫。あたしがついていますわ。」

「失礼ですが、あなたは、どなたです。」

「あら、あたしは、ただ、あなたのお傍に。どんな用でも言いつけて下さいまし。あたしは、何でも致します。そう思っていらして下さい。おいや？」

「いやじゃないが、」魚容は狼狽して、「乃公にはちゃんと女房があります。浮気は君子の慎しむところです。あなたは、乃公を邪道に誘惑しようとしている。」と無理に分別顔を装うて言った。

「ひどいわ。あたしが軽はずみの好色の念からあなたに言い寄ったとでもお思いなの？ひどいわ。これはみな呉王さまの情深いお取りはからいですわ。あなたをお慰め申すように、あたしは呉王さまから言いつかったのよ。あなたはもう、人間でないのですから、人間界の奥さんの事なんか忘れてしまってもいいのよ。あなたの奥さんはずいぶんお優しいお方かも知れないけれど、あたしだってそれに負けずに、一生懸命あなたのお世話をしますわ。鳥の操は、人間の操よりも、もっと正しいという事をお見せしてあげますから、おいやでしょうけれど、これから、あたしをお傍に置いて下さいな。あたしの名前は、竹青というの。」

魚容は情に感じて、

「ありがとう。乃公も実は人間界でさんざんの目に遭って来ているので、どうも疑い深くなって、あなたの御親切も素直に受取る事が出来なかったのです。ごめんなさい。」

「あら、そんなに改まった言い方をしては、おかしいわ。きょうから、あたしはあなたの召使いじゃないの。それでは旦那様、ちょっと食後の御散歩は、いかがでしょう。」

「うむ、」と魚容もいまは鷹揚にうなずき、「案内たのむ。」

「それでは、ついていらっしゃい。」とぱっと飛び立つ。

秋風嫋々と翼を撫で、洞庭の烟波《えんぱ》眼下にあり、はるかに望めば岳陽の甍《いらか》、灼爛《しゃくらん》と落日に燃え、さらに眼を転ずれば、君山、玉鏡に可憐一点の翠黛《すいたい》を描いて湘君の俤《おもかげ》をしのばしめ、黒衣の新夫婦は唖々と鳴きかわして先になり後になり憂えず惑わず懼れず心のままに飛翔して、疲れると帰帆の檣上にならんで止って翼を休め、顔を見合わせて微笑み、やがて日が暮れると洞庭秋月皎々たるを賞しながら飄然と塒《ねぐら》に帰り、互に羽をすり寄せて眠り、朝になると二羽そろって洞庭の湖水でぱちゃぱちゃとからだを洗い口を嗽《すす》ぎ、岸に近づく舟をめがけて飛び立てば、舟子どもから朝食の奉納があり、新婦の竹青は初い初いしく恥じらいながら影の形に添う如くいつも傍《かたわら》にあって何かと優しく世話を焼き、落第書生の魚容も、その半生の不幸をここで一ぺんに吹き飛ばしたような思いであった。

その日の午後、いまは全く呉王廟の神烏の一羽になりすまして、往来の舟の帆檣《ほばしら》にたわむれ、折から兵士を満載した大舟が通り、仲間の烏どもは、あれは危いと逃げて、竹青もけたたましく鳴いて警告したのだけれども、魚容の神烏は何せ自由に飛翔できるのがうれしくてたまらず、得意げにその兵士の舟の上を旋回していたら、ひとりのいたずらっ児《こ》の兵士が、ひょうと矢を射てあやまたず魚容の胸をつらぬき、石のように落下する間一髪、竹青、稲妻の如く迅速に飛んで来て魚容の翼を啣《くわ》え、颯と引上げて、呉王廟の廊下に、瀕死の魚容を寝かせ、涙を流しながら甲斐甲斐しく介抱した。けれども、かなりの重傷で、とても助からぬと見て竹青は、一声悲しく高く鳴いて数百羽の仲間の烏を集め、羽ばたきの音も物凄く一斉に飛び立ってかの舟を襲い、羽で湖面を煽って大浪を起し忽ち舟を顛覆させて見事に報讐し、大烏群は全湖面を震撼させるほどの騒然たる凱歌を挙げた。竹青はいそいで魚容の許に引返し、その嘴を魚容の頬にすり寄せて、

「聞えますか。あの、仲間の凱歌が聞えますか。」と哀慟《あいどう》して言う。

魚容は傷の苦しさに、もはや息も絶える思いで、見えぬ眼をわずかに開いて、

「竹青。」と小声で呼んだ、と思ったら、ふと眼が醒めて、気がつくと自分は人間の、しかも昔のままの貧書生の姿で呉王廟の廊下に寝ている。斜陽あかあかと目前の楓《かえで》の林を照らして、そこには数百の烏が無心に啞々《ああ》と鳴いて遊んでいる。

「気がつきましたか。」と農夫の身なりをした爺が傍に立っていて笑いながら尋ねる。

「あなたは、どなたです。」

「わしはこの辺の百姓だが、きのうの夕方ここを通ったら、お前さんが死んだように深く眠っていて、眠りながら時々微笑んだりして、わしは、ずいぶん大声を挙げてお前さんを呼んでも一向に眼を醒まさない。肩をつかんでゆすぶっても、ぐたりとしている。家へ帰ってからも気になるので、たびたびお前さんの様子を見に来て、眼の醒めるのを待っていたのだ。見れば、顔色もよくないが、どこか病気か。」

「いいえ、病気ではございません。」不思議におなかも今はちっとも空《す》いていない。「すみませんでした。」とれいのあやまり癖が出て、坐り直して農夫に丁寧にお辞儀をして、「お恥かしい話ですが、」と前置きをしてこの廟の廊下に行倒れるにいたった事情を正直に打明け、重ねて、「すみませんでした。」とお詫びを言った。

　農夫は憐れに思った様子で、懐から財布を取出しいくらかの金を与え、

「人間万事塞翁《さいおう》の馬。元気を出して、再挙を図るさ。人生七十年、いろいろさまざまの事がある。人情は飜覆《ほんぷく》して洞庭湖の波瀾に似たり。」と洒落《しゃれ》た事を言って立ち去る。

　魚容はまだ夢の続きを見ているような気持で、呆然と立って農夫を見送り、それから振りかえって楓の梢にむらがる烏を見上げ、

「竹青！」と叫んだ。一群の烏が驚いて飛び立ち、ひとしきりやかましく騒いで魚容の頭

の上を飛びまわり、それからまっすぐに湖の方へいそいで行って、それっきり、何の変った事も無い。

やっぱり、夢だったかなあ、と魚容は悲しげな顔をして首を振り、一つ大きい溜息をついて、力無く故土に向けて発足する。

故郷の人たちは、魚容が帰って来ても、格別うれしそうな顔もせず、冷酷の女房は、さっそく伯父の家の庭石の運搬を魚容に命じ、魚容は汗だくになって河原から大いなる岩石をいくつも伯父の庭先まで押したり曳《ひ》いたり担《かつ》いだりして運び、「貧して怨無きは難し。」とつくづく嘆じ、「朝《あした》に竹青の声を聞かば夕に死するも可なり矣。」と何につけても洞庭一日の幸福な生活が燃えるほど劇《はげ》しく懐慕せられるのである。

伯夷叔斉《はくいしゆくせい》は旧悪を念《おも》わず、怨《うらみ》是を用いて希《まれ》なり。わが魚容君もまた、君子の道に志している高邁《こうまい》の書生であるから、不人情の親戚をも努めて憎まず、無学の老妻にも逆《さか》わず、ひたすら古書に親しみ、閑雅の清趣を養っていたが、それでも、さすがに身辺の者から受ける蔑視には堪えかねる事があって、それから三年目の春、またもや女房をぶん殴って、いまに見ろ、と青雲の志を抱いて家出して試験に応じ、やっぱり見事に落第した。よっぽど出来ない人だったと見える。帰途、また思い出の洞庭湖畔、呉王廟に立ち寄って、見るもののみな懐しく、悲しみもまた千倍して、おいおい声を放って廟前で泣き、それから懐中のわずかな金を全部はたいて羊肉を買い、それを廟前にばら撒いて神烏に供して樹上から降りて肉を啄《ついば》む群烏を眺めて、この中に竹青もいるのだろうなあ、と思っても、皆一様に真黒で、それこそ雌雄をさえ見わける事が出来ず、

「竹青はどれですか。」と尋ねても振りかえる烏は一羽も無く、みんなただ無心に肉を拾ってたべている。魚容はそれでも諦められず、

「この中に、竹青がいたら一番あとまで残っておいで。」と、千万の思慕の情をこめて言ってみた。そろそろ肉が無くなって、群烏は二羽立ち、五羽立ち、むらむらぱっと大部分飛び立ち、あとには三羽、まだ肉を捜して居残り、魚容はそれを見て胸をとどろかせ手に汗を握ったが、肉がもう全く無いと見てぱっと未練げも無く、その三羽も飛び立つ。魚容は気抜けの余りくらくら眩暈《めまい》して、それでも尚、この場所から立ち去る事が出来ず、廟の廊下に腰をおろして、春霞《しゅんか》に煙る湖面を眺めてただやたらに溜息をつき、「ええ、二度も続けて落第して、何の面目があっておめおめ故郷に帰られよう。生きて甲斐ない身の上だ、むかし春秋戦国の世にかの屈原《くつげん》も衆人皆、酔い、我独り醒めたり、と叫んでこの湖に身を投げて死んだとかいう話を聞いている、乃公もこの思い出なつかしい洞庭に身を投げて死ねば、或いは竹青がどこかで見ていて涙を流してくれるかも知れない、乃公を本当に愛してくれたのは、あの竹青だけだ、あとは皆、おそろしい我欲の鬼ばかりだった、人間万事塞翁の馬だと三年前にあのお爺さんが言ってはげましてくれたけれども、あれは嘘だ、不仕合せに生れついた者は、いつまで経っても不仕合せのどん底であがいているばかりだ、

これすなわち天命を知るという事か、あはは、死のう、竹青が泣いてくれたら、それでよい、他には何も望みは無い。」と、古聖賢の道を究めた筈の魚容も失意の憂愁に堪えかね、今夜はこの湖で死ぬる覚悟。やがて夜になると、輪郭の滲んだ満月が中空に浮び、洞庭湖はただ白く茫《ぼう》として空と水の境が無く、岸の平沙《へいさ》は昼のように明るく柳の枝は湖水の靄《もや》を含んで重く垂れ、遠くに見える桃畑の万朶《ばんだ》の花は霰《あられ》に似て、微風が時折、天地の溜息の如く通過し、いかにも静かな春の良夜、これがこの世の見おさめと思えば涙も袖にあまり、どこからともなく夜猿の悲しそうな鳴声が聞えて来て、愁思まさに絶頂に達した時、背後にはたはたと翼の音がして、

「別来、恙《つつが》無きや。」

振り向いて見ると、月光を浴びて明眸皓歯《めいぼうこうし》、二十《はたち》ばかりの麗人がにっこり笑っている。

「どなたです、すみません。」とにかく、あやまった。

「いやよ、」と軽く魚容の肩を打ち、「竹青をお忘れになったの?」

「竹青!」

魚容は仰天して立ち上り、それから少し躊躇《ちゆうちよ》したが、ええ、ままよ、といきなり美女の細い肩を掻《か》き抱《いだ》いた。

「離して。いきが、とまるわよ。」と竹青は笑いながら言って巧みに魚容の腕からのがれ、「あたしは、どこへも行かないわよ。もう、一生あなたのお傍に。」

「たのむ！　そうしておくれ。お前がいないので、乃公は今夜この湖に身を投げて死んでしまうつもりだった。お前は、いったい、どこにいたのだ。」

「あたしは遠い漢陽に。あなたと別れてからここを立ち退き、いまは漢水の神烏になっているのです。さっき、この呉王廟にいる昔のお友達があなたのお見えになっている事を知らせにいらして下さったので、あたしは、漢陽からいそいで飛んで来たのです。あなたの好きな竹青が、ちゃんとこうして来たのですから、もう、死ぬなんておそろしい事をお考えになっては、いやよ。ちょっと、あなたも痩せたわねえ。」

「痩せる筈さ。二度も続けて落第しちゃったんだ。故郷に帰れば、またどんな目に遭うかわからない。つくづくこの世が、いやになった。」

「あなたは、ご自分の故郷にだけ人生があると思い込んでいらっしゃるから、そんなに苦しくおなりになるのよ。人間《じんかん》到るところに青山《せいざん》があるとか書生さんたちがよく歌っているじゃありませんか。いちど、あたしと一緒に漢陽の家へいらっしゃい。生きているのも、いい事だと、きっとお思いになりますから。」

「漢陽は、遠いなあ。」いずれが誘うともなく二人ならんで廟の廊下から出て月下の湖畔を逍遥《しょうよう》しながら、「父母在《いま》せば遠く遊ばず、遊ぶに必ず方有り、というからねえ。」魚容は、もっともらしい顔をして、れいの如くその学徳の片鱗を示した。

「何をおっしゃるの。あなたには、お父さんもお母さんも無いくせに。」

「なんだ、知っているのか。しかし、故郷には父母同様の親戚の者たちが多勢いる。乃公は何とかして、あの人たちに、乃公の立派に出世した姿をいちど見せてやりたい。あの人たちは昔から乃公をまるで阿呆か何かみたいに思っているのだ。そうだ、漢陽へ行くよりは、これからお前と一緒に故郷に帰り、お前のその綺麗な顔をみんなに見せて、おどろかしてやりたい。ね、そうしようよ。乃公は、故郷の親戚の者たちの前で、いちど、思いきり、大いに威張ってみたいのだ。故郷の者たちに尊敬されるという事は、人間の最高の幸福で、また終極の勝利だ。」

「どうしてそんなに故郷の人たちの思惑ばかり気にするのでしょう。むやみに故郷の人たちの尊敬を得たくて努めている人を、郷原《きょうげん》というんじゃなかったかしら。郷原は徳の賊なりと論語に書いてあったわね。」

魚容は、ぎゃふんとまいって、やぶれかぶれになり、

「よし、行こう。漢陽に行こう。連れて行ってくれ。逝者《ゆくもの》は斯《かく》の如き夫《かな》、昼夜を舍《す》てず。」てれ隠しに、甚だ唐突な詩句を誦《しょう》して、あははは、と自らを嘲った。

「まいりますか。」竹青はいそいそして、「ああ、うれしい。漢陽の家では、あなたをお迎えしようとして、ちゃんと仕度がしてあります。ちょっと、眼をつぶって。」

魚容は言われるままに眼を軽くつぶると、はたはたと翼の音がして、それから何か自分の肩に薄い衣のようなものがかかったと思うと、すっとからだが軽くなり、眼をひらいた

ら、すでに二人は雌雄の烏、月光を受けて漆黒の翼は美しく輝き、ちょんちょん平沙を歩いて、啞々と二羽、声をそろえて叫んで、ぱっと飛び立つ。

月下白光三千里の長江、洋々と東北方に流れて、魚容は酔えるが如く、流れにしたがっておよそ二ときばかり飛翔《ひしょう》して、ようよう夜も明けはなれて遥か前方に水の都、漢陽の家々の甍が朝靄の底に静かに沈んで眠っているのが見えて来た。近づくにつれて、晴川歴々たり漢陽の樹、芳草萋々たり鸚鵡《おうむ》の洲、対岸には黄鶴楼《こうかくろう》の聳《そび》えるあり、長江をへだてて晴川閣と何事か昔を語り合い、帆影点々といそがしげに江上を往来し、更にすすめば大《だい》別山《べっさん》の高峰眼下にあり、麓には水漫々の月湖ひろがり、更に北方には漢水蜿蜒《えんえん》と天際に流れ、東洋のヴェニス一眸《いちぼう》の中《うち》に収り、「わが郷関《きょうかん》何《いず》れの処ぞ是《これ》なる、煙波江上、人をして愁えしむ。」と魚容は、うっとり呟いた時、竹青は振りかえって、

「さあ、もう家へまいりました。」と漢水の小さな孤洲の上で悠然と輪を描きながら言った。魚容も真似して大きく輪を描いて飛びながら、脚下の孤洲を見ると、緑楊水にひたり若草烟《けむ》るが如き一隅にお人形の住家みたいな可憐な美しい楼舎があって、いましもその家の中から召使いらしき者五、六人、走り出て空を仰ぎ、手を振って魚容たちを歓迎している様が豆人形のように小さく見えた。竹青は眼で魚容に合図して、翼をすぼめ、一直線にその家めがけて降りて行き、魚容もおくれじと後を追い、二羽、その洲の青草原に降り立ったとたんに、二人は貴公子と麗人、にっこり笑い合って寄り添い、迎えの者に囲まれな

がらその美しい楼舎にはいった。

竹青に手をひかれて奥の部屋へ行くと、その部屋は暗く、卓上の銀燭《ぎんしょく》は青烟を吐き、垂《たれ》幕《まく》の金糸銀糸は鈍く光って、寝台には赤い小さな机が置かれ、その上に美酒佳肴《かこう》がならべられて、数刻前から客を待ち顔である。

「まだ、夜が明けぬのか。」魚容は間《ま》の抜けた質問を発した。

「あら、いやだわ。」と竹青は少し顔をあからめて、「暗いほうが、恥かしくなくていいと思って。」と小声で言った。

「君子の道は闇然《あんぜん》たり、か。」魚容は苦笑して、つまらぬ洒落を言い、「しかし、隠《いん》に素《むか》いて怪を行う、という言葉も古書にある。よろしく窓を開くべしだ。漢陽の春の景色を満喫しよう。」

魚容は、垂幕を排して部屋の窓を押しひらいた。朝の黄金の光が颯っと射し込み、庭園の桃花は繚乱《りょうらん》たり、鶯《うぐいす》の百囀《さえずり》が耳朶《じだ》をくすぐり、かなたには漢水の小波《さざなみ》が朝日を受けて躍っている。

「ああ、いい景色だ。くにの女房にも、いちど見せたいなあ。」魚容は思わずそう言ってしまって、愕然とした。乃公は未だあの醜い女房を愛しているのか、とわが胸に尋ねた。そうして、急になぜだか、泣きたくなった。

「やっぱり、奥さんの事は、お忘れでないと見える。」竹青は傍で、しみじみ言い、幽《かす》かな溜息をもらした。

「いや、そんな事は無い。あれは乃公の学問を一向に敬重せず、よごれ物を洗濯させたり、庭石を運ばせたりしやがって、その上あれは、伯父の妾であったという評判だ。一つとして、いいところが無いのだ。」

「その、一つとしていいところの無いのが、あなたにとって尊くなつかしく思われているのじゃないの？　あなたの御心底は、きっと、そうなのよ。惻隠《そくいん》の心は、どんな人にもあるというじゃありませんか。奥さんを憎まず怨まず呪わず、一生涯、労苦をわかち合って共に暮して行くのが、やっぱり、あなたの本心の理想ではなかったのかしら。あなたは、すぐにお帰りなさい。」竹青は、一変して厳粛な顔つきになり、きっぱりと言い放つ。

魚容は大いに狼狽して、

「それは、ひどい。あんなに乃公を誘惑して、いまさら帰れとはひどい。郷原だの何だのと言って乃公を攻撃して故郷を捨てさせたのは、お前じゃないか。まるでお前は乃公を、なぶりものにしているようなものだ。」と抗弁した。

「あたしは神女です。」と竹青は、きらきら光る漢水の流れをまっすぐに見つめたまま、更にきびしい口調で言った。「あなたは、郷試には落第いたしましたが、神の試験には及第しました。あなたが本当に烏の身の上を羨望《せんぼう》しているのかどうか、よく調べてみるように、あたしは呉王廟の神様から内々に言いつけられていたのです。禽獣《きんじゅう》に化して真の幸福を感ずるような人間は、神に最も倦厭《けんえん》せられます。いちどは、こらしめのため、あなたを弓矢で傷つけて、人間界にかえしてあげましたが、あなたは再び鳥の世界に帰る事を乞いました。神は、こんどはあなたに遠い旅をさせて、さまざまの楽しみを与え、あなたがその快楽に酔い痴《し》れて全く人間の世界を忘却するかどうか、試みたのです。忘却したら、あなたに与えられる刑罰は、恐しすぎて口に出して言う事さえ出来ないほどのものです。お帰りなさい。あなたは、神の試験には見事に及第なさいました。人間は一生、人間の愛憎の中で苦しまなければならぬものです。のがれ出る事は出来ません。忍んで、努力を積むだけです。学問も結構ですが、やたらに脱俗を衒《てら》うのは卑怯です。もっと、むきになって、この俗世間を愛惜し、愁殺《しゅうさつ》し、一生そこに没頭してみて下さい。神は、そのような人間の姿を一ばん愛しています。ただいま召使いの者たちに、舟の仕度をさせて居ります。あれに乗って、故郷へまっすぐにお帰りなさい。さようなら。」と言い終ると、竹青の姿はもとより、楼舎も庭園も忽然と消えて、魚容は川の中の孤洲に呆然と独り立っている。

帆も楫《かじ》も無い丸木舟が一艘《いっそう》するすると岸に近寄り、魚容は吸われるようにそれに乗ると、その舟は、飄然と自行して漢水を下り、長江を溯《さかのぼ》り、洞庭を横切り、魚容の故郷ちかくの漁村の岸畔に突き当り、魚容が上陸すると無人の小舟は、またするすると自《おのずか》ら引返して行って洞庭の烟波の間に没し去った。

頗《すこぶ》るしょげて、おっかなびっくり、わが家の裏口から薄暗い内部を覗くと、

「あら、おかえり。」と艶然と笑って出迎えたのは、ああ、驚くべし、竹青ではないか。

「やあ！　竹青！」

「何をおっしゃるの。あなたは、まあ、どこへいらしていたの？　あたしはあなたの留守に大病して、ひどい熱を出して、誰もあたしを看病してくれる人がなくて、しみじみあなたが恋いしくなって、あたしが今まであなたを馬鹿にしていたのは本当に間違った事だったと後悔して、あなたのお帰りを、どんなにお待ちしていたかわかりません。熱がなかなかさがらなくて、そのうちに全身が紫色に腫れて来て、これもあなたのようないいお方を粗末にした罰で、当然の報いだとあきらめて、もう死ぬのを静かに待っていたら、腫れた皮膚が破れて青い水がどっさり出て、すっとからだが軽くなり、けさ鏡を覗いてみたら、あたしの顔は、すっかり変って、こんな綺麗な顔になっているので嬉しくて、病気も何も忘れてしまい、寝床から飛び出て、さっそく家の中のお掃除などはじめていたら、あなたのお帰りでしょう？　あたしは、うれしいわ。ゆるしてね。あたしは顔ばかりでなく、からだ全体変ったのよ。それから、心も変ったのよ。あたしは悪かったわ。でも、過去のあたしの悪事は、あの青い水と一緒にみんな流れ出てしまったのですから、あなたも昔の事は忘れて、あたしをゆるして、あなたのお傍に一生置いて下さいな。」

一年後に、玉のような美しい男子が生れた。魚容はその子に「漢産」という名をつけた。その名の由来は最愛の女房にも明さなかった。神烏の思い出と共に、それは魚容の胸中の尊い秘密として一生、誰にも語らず、また、れいの御自慢の「君子の道」も以後はいっさい口にせず、ただ黙々と相変らずの貧しいその日暮しを続け、親戚の者たちにはやはり一向に敬せられなかったが、格別それを気にするふうも無く、極めて平凡な一田夫として俗《ぞく》塵《じん》に埋《うず》もれた。

自註。これは、創作である。支那のひとたちに読んでもらいたくて書いた。漢訳せられる筈である。

芥川龍之介の「酒虫」は『芥川龍之介全集第一巻』、太宰治の「清貧譚」は『太宰治全集第四巻』、「竹青——新曲聊斎志異」は『太宰治全集第六巻』（すべて筑摩書房刊）を底本とし、新字・新かなづかいに改めた。（編集部）

参考文献一覧並びに付記

『聊齋志異新評』全十六冊　廣順但氏開雕
『聊齋志異評註』但明倫・王士正・呂湛恩評註　臺灣商務印書館　中華民國五十一年

＊＊＊

『和訳　聊齋志異』柴田天馬訳　第一書房　大正十五年
『聊斎志異』全十巻　柴田天馬訳　創元社　昭和二十六年―二十七年
『定本聊斎志異』全六巻　柴田天馬訳　修道社　昭和三十年
『中国古典文学全集』上下巻　松枝茂夫・増田拶（訳者代表）平凡社　昭和三十三年―三十四年
『聊斎志異』上下巻　松枝茂夫・増田渉（訳者代表）平凡社　昭和三十八年
『聊斎志異』上下巻　立間祥介編訳　岩波文庫　平成九年

＊＊＊＊

『中国小説史考』前野直彬　秋山書店　昭和五十年
『中国中世の説話――古小説の世界』荘司格一　白帝社　平成四年
『聊斎志異考――中国の妖怪談義』陳舜臣　中央公論社　平成六年（中公文庫　平成九年）

『「聊斎志異」を読む――妖怪と人の幻想劇』稲田孝　講談社学術文庫　平成十三年
『中国怪談奇談集』多久弘一　里文出版　平成十四年

＊＊＊

『美女と妖怪――私版聊斎志異』火野葦平　学風書院　昭和三十年
『私説聊斎志異』安岡章太郎　朝日新聞社　昭和五十年（講談社文庫、昭和五十五年）

付記

訳出にあたり、原文を忠実に訳するのではなく、意訳した箇所もある。また、文章中に、時々（　）の中に注を付した。

なお、小著の刊行に際し、角川書店の宮山多可志氏、刊行にいたるまで直接の労を取ってくださった編集部の滝口百合さんに多大なお世話になった。宮山さんとは『陰陽師安倍晴明』・『鬼人役行者小角』（角川ソフィア文庫）以来のおつきあいであり、滝口さんには前著『羅城門の怪』（角川選書）でお世話になった。厚く御礼申し上げたい。

二〇〇四年初夏

志村有弘しるす

聊《りよう》斎《さい》志《し》異《い》の怪《かい》

蒲《ほ》松《しよう》齢《れい》＝著

志《し》村《むら》有《くに》弘《ひろ》＝訳

角川文庫 13437

平成十六年八月二十五日　初版発行

発行者――田口惠司

発行所――株式会社角川書店

東京都千代田区富士見二―十三―三

電話　編集（〇三）三二三八―八五五五

　　　営業（〇三）三二三八―八五二一

〒一〇二―八一七七

振替〇〇一三〇―九―一九五二〇八

印刷所――旭印刷　製本所――コオトブックライン

装幀者――杉浦康平

角川ソフィア文庫 308　　ISBN4-04-349004-6　C0197

角川文庫発刊に際して

角川源義

第二次世界大戦の敗北は、軍事力の敗北であった以上に、私たちの若い文化力の敗退であった。私たちの文化が戦争に対して如何に無力であり、単なるあだ花に過ぎなかったかを、私たちは身を以て体験し痛感した。西洋近代文化の摂取にとって、明治以後八十年の歳月は決して短かすぎたとは言えない。にもかかわらず、近代文化の伝統を確立し、自由な批判と柔軟な良識に富む文化層として自らを形成することに私たちは失敗して来た。そしてこれは、各層への文化の普及滲透を任務とする出版人の責任でもあった。

一九四五年以来、私たちは再び振出しに戻り、第一歩から踏み出すことを余儀なくされた。これは大きな不幸ではあるが、反面、これまでの混沌・未熟・歪曲の中にあった我が国の文化に秩序と確たる基礎を齎らすためには絶好の機会でもある。角川書店は、このような祖国の文化的危機にあたり、微力をも顧みず再建の礎石たるべき抱負と決意とをもって出発したが、ここに創立以来の念願を果すべく角川文庫を発刊する。これまで刊行されたあらゆる全集叢書文庫類の長所と短所とを検討し、古今東西の不朽の典籍を、良心的編集のもとに、廉価に、そして書架にふさわしい美本として、多くのひとびとに提供しようとする。しかし私たちは徒らに百科全書的な知識のジレッタントを作ることを目的とせず、あくまで祖国の文化に秩序と再建への道を示し、この文庫を角川書店の栄ある事業として、今後永久に継続発展せしめ、学芸と教養との殿堂として大成せんことを期したい。多くの読書子の愛情ある忠言と支持とによって、この希望と抱負とを完遂せしめられんことを願う。

一九四九年五月三日